ババヤガの夜

옮긴이 **이규원**

한국외국어대학교에서 일본어를 전공했다. 문학, 인문, 역사, 과학 등 여러 분야의 책을 기획하고 번역했으며 현재 전문 번역가로 활동중이다. 옮긴 책으로 미야베 미유키의 『이유』, 『얼간이』, 『하루살이』, 『미인』, 『진상』, 『피리술사』, 『괴수전』, 『신이 없는 달』, 『기타기타 사건부』, 『인내상자』, 『아기를 부르는 그림』, 덴도 아라타의 『가족 사냥』, 마쓰모토 세이초의 『마쓰모토 세이초 걸작 단편 컬렉션』, 『10만 분의 1의 우연』, 『범죄자의 탄생』, 『현란한 유리』, 우부카타 도우의 『천지명찰』, 구마가이 다쓰야의 『어느 포수 이야기』, 모리 히로시의 『작가의 수지』, 하세 사토시의 『당신을 위한 소설』, 가지야마 도시유키의 『고서 수집가의 기이한 책 이야기』, 도바시 아키히로의 『굴하지 말고 달려라』, 사이조 나카의 『오늘은 뭘 민들까 꾀지점』, 『마음을 조종하는 고양이』, 하타케나카 메구미의 『요괴를 빌려드립니다』, 아사이 마카테의 『야채에 미쳐서』, 『연가』, 미나미 교코의 『사일런트 브레스』 등이 있다.

BABAYAGA NO YORU
© 2020 Akira OUTANI
All rights reserved.
Original Japanese edition published by KAWADE SHOBO SHINSHA Ltd. Publishers.
Korean translation rights in Korea arranged with KAWADE SHOBO SHINSHA Ltd. Publishers
through JM

오타니 아키라

日暮れ始めた甲州街道を走る白いセダンは、
煙草と血の匂いで満ちていた。
後部座席には派手なネクタイの男と柄シャツの男に挟まれ、
長い髪の女がぐったりと項垂れて
あちこち破れたジーン
だらんと投げ出
車が少し
粘り気
男

각성하는 시스터후드

バ゙バ゙ヤガの夜

王谷晶

바바야가의 밤

이규원 옮김　북스피어

バ
バ
ヤ
ガ
の
夜

1

장

—

1

해 질 녘 고슈가도를 달리는 흰색 세단 승용차는 담배 연기와 피비린내로 가득했다.

뒷좌석에는 화려한 넥타이를 맨 남자와 패턴무늬 셔츠를 입은 남자 사이에 긴 머리 여자가 축 늘어져 있다. 여기저기 찢어진 청바지와 싸구려 티셔츠 하나뿐인 옷차림에, 아무렇게나 내던진 팔은 오물로 더러웠다.

승용차가 조금 튀어 오르자 노란 티셔츠의 배 부분으로 끈적거리는 피가 툭 떨어진다. 남자들은 언짢은 표정으로 그 피를 힐끗 쳐다보았다. 운전하는 젊은 사내도 신호를 받고 정차할 때마다

백미러를 통해 안절부절못하는 시선을 여자에게 던졌다.

승용차는 바로 앞을 달리는 포드 승용차를 뒤따르고 있었다. 깨끗하게 세차된 까만 차체가 불을 밝히기 시작한 가로등과 네온 사인을 반사하며 번들번들 빛난다. 석양이 빨갛게 타는 날이었다. 신주쿠 도심의 빌딩 유리창이 온몸에 피를 흘리는 것처럼 새빨갛게 물들었다.

마침내 두 대의 승용차가 세타가야의 조용한 주택가로 접어들었다. 복작거리는 신주쿠가 바로 옆동네라고 생각되지 않을 만큼 예쁘고 조용한 풍경이 펼쳐진다. 그러나 모퉁이를 두어 번 돌자 갑자기 주위를 위압하듯 높이 솟은 돌담이 나타났다. 빈틈없이 쌓인 화강암 담은 사람 키보다 높고 위에 가시철조망이 설치되어 있었다. 뭔가를 가리려는 듯이 길게 뻗은 그 돌담 앞에 승용차가 멈추자 잠시 후 요란한 감시카메라가 달린 철제 대문이 열렸다.

돌담 안으로 거대한 단층 저택과 훌륭한 정원이 보인다. 정원 구석에는 작은 5층 석탑까지 있었다. 승용차는 돌로 포장된 길을 천천히 움직여 석탑 앞에서 멈추었다.

어디선가 나타난 남자들이 어느새 차량을 에워싸듯 모여들었다. 모두 흰 와이셔츠와 알록달록한 넥타이를 맨 복장에 젊고 날카로운 얼굴을 하고 있다.

포드 운전석에서 남자가 뛰어나와 뒷문을 열었다. 반짝거리는 구두를 신은 가늘고 긴 다리가 사뿐히 나왔다. 조문객처럼 검은 양복을 입은 남자가 내렸다. 큰 키, 살점을 발라낸 듯 수척한 볼,

일그러진 귓바퀴가 눈에 띈다.

남자가 턱짓을 하자 즉시 흰색 승용차의 문이 열리고 안에 있던 자들이 축 늘어진 여자를 밖으로 끌어내기 시작했다. 팔다리가 긴 그녀는 비만한 편은 아니지만 근육이 탄탄한 몸이라 두 사람이 끌어내는 것도 쉽지는 않아 보였다.

돌바닥에 짐을 부리듯 아무렇게나 던지자 여자가 잠시 움찔했지만 이내 맥없이 엎드린 채 움직이지 않았다.

"어이, 살아 있는 거냐?"

까만 슈트를 입은 남자가 말하자 패턴무늬 셔츠가 냉큼 여자의 정강이를 거칠게 걷어찼다.

갈라진 신음소리가 새어 나온다. 엎드린 여자가 악어처럼 천천히 고개를 들었다. 피가 엉겨 붙은 머리카락이 턱에 지저분하게 들러붙고 콧구멍에서 검붉은 피가 흘러나오고 오른쪽 눈언저리도 찢어져 거뭇하게 부어 있다.

"존나 못생겼네."

검은 슈트가 코웃음을 치자 주위 남자들도 추종하듯 웃어댔다.

"일으켜 줘."

패턴무늬 셔츠가 고개를 끄덕이고 여자의 왼팔을 끌어당겼다. 여자는 순순히 그의 손에 매달려 비트적거리며 일어섰다. 아니, 일어서는 줄 알았는데 갑자기,

"꾸엑!"

두꺼비가 짓밟히는 듯한 소리가 났다. 패턴무늬 셔츠의 몸뚱이

가 허공에 붕 떠올라 빙글 회전하더니 그대로 등짝부터 돌바닥에 내동댕이쳐졌다.

남자들이 술렁거렸다. 패턴무늬 셔츠는 후우— 하고 가늘게 숨을 토하고는 그대로 눈자위가 뒤집힌 채 움직이지 않았다.

여자는 이제 비틀거리지도 않고 그 자리에 우뚝 버티고 섰다. 손바닥을 편 채 양 팔을 벌리고 남자들을 끈적한 눈초리로 흘겨보더니 입을 쩍 벌렸다. 피범벅이 된 치열이 드러난다.

그것이 자신들을 도발하는 웃음이라는 것을 깨달은 흰 셔츠 가운데 하나가 얼굴을 일그러뜨리며 여자에게 곧장 덤벼들었다.

"쉭!"

공기를 가르는 소리가 여자의 치열에서 새어 나왔다. 재빨리 무릎을 구부려 몸을 낮추며 돌진한다. 멧돼지 같은 강렬한 박치기를 정확히 복부에 맞은 남자는 맥없이 나가떨어져 방어 자세를 취할 겨를도 없이 딱딱한 바닥에 어깨부터 떨어졌다. 뚝, 하고 뼈 부러지는 둔탁한 소리가 났다. 새된 비명소리가 터진다.

다른 남자들이 한순간 멈칫했다가 이내 여자에게 달려들었다.

"쉭!"

오른쪽에서 달려드는 남자의 목젖으로 주먹이 파고들었다. 남자가 비명은커녕 호흡도 못 하며 그 자리에 엉덩방아를 찧고 다리를 버둥거렸다. 왼쪽에서 덤벼드는 남자의 무릎에는 안전화 신발코가 번개처럼 날아들었다. 고함이 어지러이 오가는 와중에도 관절 부서지는 언짢은 소리가 또렷하게 울렸다. 다른 남자의 주먹이 여자의 턱을 호되게 후려쳤다. 여자는 비틀거리며 몇 발자국 물러섰지만 이내 자세를 갖추고 권투선수처럼 두 팔로 머리를 방어했다.

"쉭!"

다시 날아드는 남자의 주먹을 팔뚝으로 막는 동시에 그 사타구니에 철판이 든 안전화 신발코를 질렀다. 비명. 노성. 흰색 셔츠 남자들이 차고 앞으로 대거 모여들었다.

분노와 긴장으로 뺨이 상기된 남자들은 어딘지 꿈이라도 꾸는 듯한 표정이었다. 자기 눈앞에 있는 것, 벌어지는 일을 받아들일 수도 없고 믿기지도 않는다는 얼굴이다. 분노와 당황 속에서 피투성이 여자만이 이를 보이며 웃고 있다. 웃으며 주먹을 쉴 새 없이 뻗고 발차기를 계속한다.

거친 욕설 사이로 개 짖는 소리가 들렸다. 흰 셔츠 무리 사이에서 검은색과 갈색의 덩어리가 튀어나왔다. 검은 가죽 목걸이를 찬 거대한 도베르만이 여자에게 곧장 달려들었다. 40킬로그램 체중이 정면으로 돌진하자 여자가 넘어졌다. 남자들이 잽싸게 달려들어 여자를 제압하려고 했다. 인간과 개의 으르렁거리는 소리. 옷 찢어지는 소리.

"어이, 죽이진 마. 오야붕에게 드릴 선물이다. 살살 다뤄."

검은 슈트 남자는 흐뭇하게 바라보고 있다. 어느새 해가 지고 밤이 되었다.

자갈을 깐 세련된 정원 한복판에 여자는 팔다리를 큰대자로 벌린 채 사스마타 창긴 자루 끝에 U자형 쇠를 꽂은 무기로, 상대방의 목을 눌러 제압하는 데 쓴다으로 바닥에 제압되어 있었다. 그 창을 쥔 남자들 중에 몸이 성한 자는 아무도 없었다. 모두 증오에 사로잡힌 듯 찡그린 얼굴로 지면에 제압된 여자를 노려보고 있다. 여자는 옷도 머리카락도 더욱 엉망이 되었지만 꼼짝도 하지 않은 채 신음도 없이 조용히 엎드려 숨을 쉬고 있었다. 신발은 벗겨지고 찢어진 티셔츠 밑으로 까만 속옷이 드러난 모습은 흡사 다친 호랑이처럼 보였다. 한밤의 정적에 연못에서 잉어 뛰는 소리만 울려 퍼진다.

"야나기, 뭐냐 이건. 여자냐?"

술 취한 듯 갈라진 목소리가 울렸다. 뜰에 면한 툇마루의 가죽 소파에 줄무늬 유카타를 입은 남자가 앉아 있었다. 나이는 육십 대 중반 정도. 대머리에 배가 툭 튀어나오고 짧은 목이 쳐진 어깨 사이에 묻혀 있다.

"일단 여자는 분명한 것 같습니다. 그 일에 딱 맞겠다 싶어서 데려왔습니다."

야나기라 불린 검은 슈트의 사내가 주머니에서 오렌지색 낡은 가죽지갑을 꺼내더니, 그 속에서 면허증을 뽑아냈다.

"신도, 요리코…… 나이는 스물둘. 도산코홋카이도에서 태어난 사람이나 동물을 가리키는 방언입니다."

"뭐 하던 놈인데?"

"사무소 앞이 시끄럽다고 해서 젊은 애들을 보내 살펴보게 했더니 저게 난동을 부리고 있었답니다. 보기 드문 종자라고 해서 스카우트해 왔습니다."

야나기가 말하자 툇마루 남자가 귀에 거슬리는 소리로 웃었다. 드러낸 가슴팍에 화려한 문신이 보인다.

"스카우트라고?"

"데려오려고 맥주병으로 두어 대 손봐 주긴 했는데. 이력은 다시 조사해 보겠지만 주먹 하나는 물건입니다. 혼자서 한꺼번에 프로 열 명과 아무렇지도 않게 맞짱 뜹니다. 암컷만 아니라면 아우로 삼고 싶을 정도입니다."

"진짜 여자가 맞나? 요즘은 생긴 건 여자인데 고추를 달고 있는 놈도 있으니까."

"그것도 나중에 분명히 확인하겠습니다."

남자들 사이에서 비열한 웃음소리가 일어났다.

여자—신도 요리코는 그 대화를 묵묵히 들으며 눈길만 툇마루 사내에게 던지고 있었다. 째려보는 것도 아니고 뭔가를 호소하는 것도 아니고 그저 쳐다보고 있을 뿐이다.

"확인하는 김에 잘 닦아서 깨끗하게 해 둬. 저 꾀죄죄한 몰골로 그 아이 앞에 내보내지 마라."

툇마루 남자는 그렇게 말하고 피곤한 듯이 일어나 집 안으로 들어가 버렸다. 그러자 흰 셔츠의 젊은 남자들이 구로코가부키 등의 전통무대극에서 검은 옷을 입고 배우 뒤에서 연기를 돕는 사람처럼 재빨리 나와서 재떨이와 의자를 치웠다.

"어이, 호스 좀 가져와. 물 틀어."

야나기는 정원 어디에서 끌어온 호스를 쥐고, 쏟아져 나오는 차가운 물을 신도에게 촥촥 끼얹기 시작했다.

"뭐야, 제법 얌전한걸. 이제 포기한 거냐?"

힘찬 물줄기가 피범벅 얼굴을 쳤다. 신도는 입을 벌리고 물을 맞난 듯 꿀꺽꿀꺽 마셨다. 야나기가 웃었다.

"대단한 종자구나. 아니면 머리가 모자라 지금 어떤 처지에 있는지 모르는 건가."

물이 잠긴다. 냉수로 씻긴 얼굴은 핏자국이 없어졌지만 조금 전 난투 때문에 생긴 타박상으로 점점 부어올라 본래 얼굴을 짐작하기가 어려울 정도였다.

"그 일에는 또라이인 게 차라리 어울리지. 어이, 요리코 짱. 너는 오늘부로 이 저택에서 일하게 되었다. 못 하겠다면 당장 이 자리에서 죽는다. 알겠냐?"

신도는 잠자코 고개를 끄떡했다.

"좋아. 아까까지는 장난이었다. 너는 지금 이 순간부터 내 말을 거스르면 죽는다. 알겠나."

야나기는 슈트 상의를 가볍게 벌렸다. 원목 칼집에 넣은 비수가 허리춤에 꽂혀 있다. 신도는 다시 고개를 끄떡거렸다.

"너희들은 물러가라."

야나기가 사스마타 창을 쥔 남자들에게 지시하자 제압용 금속 무기가 천천히 신도의 몸에서 떨어졌다.

"일어서."

신도는 비틀거리지도 않고 가볍게 일어섰다. 찢어진 옷으로 엿보이는 피부는 새로 생긴 상처와 멍으로 엉망이지만 통증을 참는 몸짓은 전혀 없었다.

"방금 얘기는 다 들었겠지. 벗어. 여자가 맞는지 보자."

신도는 말없이 넝마로 변한 티셔츠를 벗어 땅바닥에 던졌다.

"속옷도."

그러자 주저하는 기색도 없이 검은 브래지어를 벗어 던진다. 에워싼 남자들 가운데 몇몇이 히죽거렸지만, 드러난 유방보다 그 밑의 선명하게 붉거진 복근이 위용을 보여 주었다. 티셔츠에 가려져 있던 팔도 단단한 근육이 박력 있게 튀어나와 있다. 도다이지東大寺 남대문의 금강역사상을 방불케 하는, 거목을 조각하여 만든 듯한 육체였다.

"팬티도 벗어. 거기가 제일 중요하니까."

야나기에게서 눈길을 떼지 않은 채 신도가 버튼 플라이 청바지를 벗기 시작했다. 까만 속옷에 싸여 있던 커다란 히프와 단단한 허벅지가 드러났다. 남자들 시선이 그곳으로 쏠렸다.

다음 순간 신도는 젖은 청바지를 채찍처럼 휘둘러 야나기의 안면을 때렸다.

"젠장!"

축축해진 뻣뻣한 천이 머리를 강타했다. 야나기가 그것을 뿌리치는 순간 신도는 곧장 뛰어올랐다. 매달리듯 야나기의 가슴팍으로 뛰어들어 왼손으로 슈트의 깃을 잡고 오른손으로 허리에 꽂힌 비수를 뽑았다. 동시에 이번에는 야나기가 움직였다. 신도의 머리카락을 움켜쥐고 물 흐르듯 매끈한 밭다리후리기로 신도를 땅바닥에 자빠뜨렸다. 그리고 비수를 쥔 신도의 손을 발로 걷어차려 했지만 신도는 몸을 굴려 피하고 재빨리 일어섰다.

"물어!"

누군가 고함을 질러 지시했다. 조금 전 등장했던 도베르만이 주인 명령에 흰 이빨을 드러내며 반라의 몸으로 달려들었다. 신도는 땅에 떨어져 있던 청바지를 재빨리 잡고 휙휙 돌려서 팔뚝에 감고 개 앞으로 내밀었다.

개가 으르렁거리며 젖은 청바지가 감긴 팔뚝을 물었다. 보통 사람이었으면 살이 찢어지고 뼈가 부러질 수도 있는 힘으로, 그리고 절대로 놓지 않겠다는 악착같은 의지로 물고 늘어진다. 뿌리치려 할수록 개는 더욱 악착스러워졌다.

짐승과, 짐승 같은 여자의 눈이 마주쳤다.

신도가 이를 드러내고 크아아, 하며 으르렁거렸다. 동물로서 어느 쪽이 더 강한지를 시위한다. 개는 물고 늘어지는 것을 그치지 않았지만 그 크고 까만 눈동자에 한순간 두려움이 스쳤다. 그러나 40킬로그램의 중량 때문에 동작이 느려진 신도의 몸뚱이에 사방에서 사스마타가 날아들어 다시 땅바닥에 엎드린 자세로 제압되었다. 개는 "그만!"이라는 호령에 즉시 아가리를 풀고 주인 곁으로 돌아갔다.

야나기가 헝클어진 머리칼을 손가락으로 그러 올리며 땅바닥에 침을 뱉더니 비수를 쥔 신도의 손목을 가죽구두로 짓밟았다.

"미쳤구나. 요리코 짱, 여기 있는 사람들은 진짜 야쿠자다. 죽는 게 무섭지 않나."

야나기의 비정하게 생긴 얼굴은 재미있어 죽겠다는 듯한 웃음을 짓고 있었다.

"함부로 부르지 마, 쓰레기 같은 자식아."

"뭐야, 말도 잘하네."

야나기는 신도의 손목을 더 세게 밟았다. 비수가 손아귀에서 툭 떨어졌다.

"너…… 왜 개를 찌르지 않았지?"

신도는 얼굴을 찡그리고 퉷, 하고 피 섞인 침을 뱉었다.

"니시, 그 개, 이리 데려와."

니시라는 흰 셔츠가 고개를 까딱하고 목걸이에 리드가 연결된 도베르만을 끌고 왔다. 야나기는 비수를 들어 올렸다.

"다시 한번 말하지. 넌 오늘부터 여기서 일한다. 싫다고 하면 지금 당장 여기서 죽는다."

칼끝으로 신도의 얼굴을 가리켰다.

"맘대로 해. 네놈이 시키는 대로 하느니 죽는 게 낫지."

"그래?"

야나기가 그렇게 말하고 얌전히 꼬리를 흔들며 앉아 있던 개의 목걸이를 꽉 쥐고 목덜미에 칼끝을 댔다. 신도의 눈이 휘둥그레졌다.

"—그만둬."

끼잉, 하는 가느다란 소리가 났다. 마음만 먹으면 인간 따위는 한입에 물어 죽일 수 있는 강력한 동물이 제 생명을 위협당하자 저항도 못 하고 바르르 떨고 있다.

"뭐? 안 들린다."

도베르만 꼬리가 뒷다리 사이로 말려들고 끼잉, 하며 공포를 호소하는 가느다란 소리가 점점 커졌다.

"그만둬!"

개의 커다란 귀가 짓눌린 것처럼 처지고 검은 눈이 휘둥그레진다.

"죽여도 되겠지? 이놈은 너 때문에 죽는 거다. 불쌍해라."

칼날이 점점 파고드는 동안 개의 젖은 눈동자가 신도를 지그시 응시한다.

"하라는 대로 한다."

"뭐라고?"

"하라는 대로 하겠다고!"

획, 하고 야나기가 개목걸이를 던졌다. 개는 낑, 하며 애처로운 표정으로 땅바닥에 엎드리고 눈동자만 움직여 야나기를 올려다보았다. 그 눈에 원망이나 분노의 기색은 없다.

"남자 불알은 터뜨릴 수 있어도 멍멍이는 불쌍하냐? 착하네, 요리코 짱. 잘 들어. 앞으로 내 말을 거역하거나 여기서 도망치려고 하면 이 개새끼의 배를 갈라서 산 채로 가죽을 벗기겠다, 네가 보는 앞에서."

그렇게 말하고 야나기는 피가 묻지 않은 비수를 허리춤에 꽂았다.

얼굴이 비칠 만큼 반들반들하게 닦은 복도에 신도는 혼자 정좌해 있었다. 적갈색으로 바랜 머리카락을 사무용 노란 고무줄로 한데 묶고 헐렁한 흰 셔츠와 검은 바지를 입고 있다. 얼굴에는 눈코입 말고는 전부 거즈와 반창고가 덕지덕지 붙어 있어 제작하다 만 미라처럼 보였다. 상처를 처치했다기보다 그저 상처나 가리려는 것처럼 보인다.

흰 셔츠 사내—이 저택에 기숙하며 잡일을 하는 야쿠자 졸개한 테서 옷을 받아 갈아입는 동안 야나기에게 일방적으로 설명을 들었다. 이곳은 관동지방 최대의 폭력단 오키쓰구미의 직속 조직인 나이키회의 회장 나이키 겐조의 저택이며, 야나기는 나이키회의 부회장 비서로 일하고 있다. 이 저택은 청소부터 취사까지 전부 하부조직에서 각출한 자들로 충당하고 있는데, 어떤 사정 때문에 여자 일손이 필요해지자 신도를 '스카우트'했다는 이야기였다.

그게 무슨 사정인지 지금부터 설명할 테니 앉아서 기다리라는 말을 들은 것이 30분 전. 주위는 어둡고 인기척도 없다. 가장 가까운 돌담까지가 20미터 정도. 그럴 마음만 있으면 당장이라도 도망칠 수 있다. 그러나 신도는 움직일 수 없었다.

저 도베르만의 절망 혹은 체념이 묻어나는 가느다란 울음소리
가 귀에 남았기 때문이다.

개는 죄가 없다. 아무리 사악한 인간 밑에서 자랐다고 해도 개
에게는 죄가 없다. 그 눈…… 절망했지만 자기 목숨을 쥐고 있는
놈에게 저항도 하지 않는 그 눈. 불쌍한 울음소리. 개는 다 그렇
다. 형편없는 인간에게도 왠지 충성을 다한다.

한숨을 토하자 늑골 쪽이 조금 쑤셨다. 뼈가 부러진 것 같지는
않지만 금 정도는 갔을지 모르겠다. 오늘 일어난 일을 돌이켜보
았다.

투잡 가운데 하나인 음식 배달 일을 하려고 자전거를 타고 신
주쿠로 가서 저녁때까지 일했다. 그리고 신오쿠보의 원룸으로 돌
아와 자전거를 세워 두고 땀에 젖은 옷을 갈아입은 다음 이번에
는 걸어서 신주쿠로 갔다. 저녁 식사라면 집 근처에서도 먹을 수
있지만 이참에 영화나 볼까 했던 것이다.

그러나 가부키초일본 최대의 환락가이며 우범지대이다에 들어서자마자 술
에 취한 게 분명한 양아치 녀석이 낄낄거리며 스쳐 지나가면서
신도의 엉덩이를 툭 쳤다. 즉각 몸을 돌려 그놈의 목깃을 뒤에서
움켜쥐고 발차기로 놈을 아스팔트 바닥에 고꾸라뜨렸다.

동행은 그것도 모르고 몇 미터를 더 걸어가다가 뒤늦게 알아차
리고 후딱 뛰어와 주먹을 요란하게 휘두르며 달려들었다. 피하려
면 피할 수도 있었지만, 구경꾼도 모여들고 있으니 한 대쯤 맞아
두어야 뒤탈이 없겠다 싶어 일부러 얼굴을 맞아 주었다. 취기 탓

인지 애초에 실력이 그런지 몰라도 간지러운 정도의 주먹을 맞는 순간 상대방 손목을 밑에서 잡으며 몸통 안쪽으로 힘껏 비틀었다. 우드득, 하는 그다지 기분 좋지 않은 울림이 느껴졌다. 단 한 번의 응수로 상대방 손목 관절이 멋지게 틀어졌다.

비명.

혼란에 빠진 남자가 성한 손으로 복부를 마구 공격하자 손목을 놔주고 발차기에 알맞은 거리까지 물러섰다. 구경꾼들이 금방 불어났다. 아스팔트에 쓰러진 남자는 코피를 철철 흘리는 얼굴로 요란하게 몸부림치며 신음했다. 몇 대 더 갈기고 싶었지만 변변히 반격도 못 하는 놈인데다 경찰이 달려오면 귀찮아질 것 같아 자리를 뜨기로 했다.

하지만 인파 속에서 명백히 질이 좋지 않아 보이는 남자 몇 명이 나서며 진로를 막았다. 쪽수가 늘었네, 라고 생각한 순간 발차기가 날아들었다. 방금 상대한 양아치들에 비하면 꽤 훌륭한 옆차기였다. 쌍년! 잡년! 하는 욕설을 뱉으며 날리는 발차기를 두 번, 세 번 피하고 네 번째 날아드는 발목을 붙잡았다.

상대방은 키가 작았다. 땅을 디딘 쪽 발등을 밟아 움직이지 못하게 하고 손에 움켜쥔 발목을 어깨에 멘 채로 재빨리 쪼그리고 앉아 상대방 고관절을 180도로 힘껏 벌렸다. 막 태어나는 아기 같은 비명소리가 터졌다.

일어설 때 등에 충격을 느꼈다. 뒤를 돌아보니 자신의 등을 공격한 남자가 막 착지하며 비틀거리고 있어 재빨리 무방비한 목에

하이킥을 날렸다. 빡, 하는 기분 나쁜 소리가 났다. 다음 순간 옆구리가 아파서 돌아보니 빈 와인 병이 옆구리를 후려친 참이었다. 아마 그때 당한 부상이 지금 쑤시고 있을 것이다.

이런 좁은 골목에서 무기를 휘두르는 자를 상대하는 것은 불리하다. 구경꾼 중에도 다치는 사람이 나올지 모른다. 도망칠 곳을 찾았지만 와인 병을 꼬나든 남자가 또 일격을 가하려고 하기에 안면에 주먹을 꽂았다. 에워싸고 구경하는 사람들 틈새로 살기가 여러 군데서 다가오는 게 느껴졌다.

몰려나오고 있군. 나에게 얻어맞겠다고 몰려나오고 있어. 신도의 얼굴이 가만히 웃고 있었다. 장소가 더 넓고 거치적거리는 구경꾼도 없었다면 너희들을 한 놈도 남김없이 다 상대해 줄 수 있었을 텐데. 도시의 답답함과 인파를 저주했다.

그때 뒤통수에 꽝, 하고 강력한 충격이 느껴졌다. 야나기의 말이 맞다면 맥주병으로 맞은 것이다. 뒤미처 한 대를 더 맞고 블랙아웃.

5월치고는 싸늘한 밤바람이 불고 있었다. 차갑고 딱딱한 복도에서 가만히 꿇어앉은 채 심호흡을 하고 지끈거리는 늑골과 뒤통수를 손으로 문질렀다.

그때 복도 저쪽에 있는 출입구가 열렸다. 흰 셔츠 남자가 어색한 손짓으로 이리 오라고 한다. 일어나 시키는 대로 따랐다.

방에 들어서자 진한 선향 냄새가 코를 찔렀다. 6평쯤 되는 방에 원목 통짜 테이블을 앞에 두고 전에 보았던 툇마루 남자 ─ 나이키 겐조가 책상다리를 하고 앉아 있었다. 그의 뒤로 박제된 장끼나 매와 함께 유리케이스에 든 하카타인형17세기에 하카타에서 만들어진 인형. 작품 소재는 주로 가부키나 노의 등장인물, 무사상, 길조물 등이다. 점토로 원형을 만들고 점토나 석고로 틀을 떠 많은 복제품을 만든다이나 금색 오층탑 모형 등이 보인다. 취향이 후진 졸부 분위기가 물씬한 그 방에는 야나기도 있었다. 네 모퉁이에는 체격 좋은 흰 셔츠 남자 네 명이 직립부동 자세로 서 있다.

"어, 이리 앉아."

묘하게 스스럼없는 말투로 권유하자 신도는 다다미 위에 정좌했다. 날카로운 시선이 여기저기서 날아든다. 나이키는 책상 위에 있던 캔 커피를 후루룩 소리를 내며 마시고는 씩 웃었다.

"요리코라고? 여자인데도 주먹이 굉장하다며? 우리 젊은 애들을 여럿이나 못쓰게 만들어 놨다고?"

해사한 얼굴에서 나오는 쉰 목소리는 점잖음으로도 미처 숨기지 못한 가학성이 배어 있었다. 신도는 아무 대답도 하지 않고 언제든 일어설 수 있도록 둔근에 힘을 주었다.

"야쿠자가 일반인, 그것도 이런 아가씨한테 찍소리도 못 하고 쥐어 터졌다는 사실이 알려지면 체면이고 뭐고 없는 거다. 원래대로라면 그 훌륭한 몸뚱이로 죽을 때까지 사죄금을 바쳐야 마땅하지만……."

'몸뚱이'를 힘주어 발음하며 나이키는 끈끈한 눈초리로 신도를 위아래로 훑어보았다.

"실은 마침 너처럼 완력 있는 여자를 찾는 중이었다. 어떤 소동이 있었는지는 모르지만 일단은 다 없던 일로 치고 우리 일을 좀 맡아 주지 않겠나. 협기 있는 아가씨."

신도는 나이키의 눈을 마주 쳐다보았다.

"일이라면 이미 갖고 있는데."

그렇게 말하자 나이키는 껄껄 웃었다.

"어이, 까불지 마라, 암퇘지. 지금 당장 그 썩은 조개에 칼을 박아 버려도 되겠나?"

해맑게 웃는 얼굴 그대로 그렇게 씨불였다. 야나기가 곁눈으로 뒤룩뒤룩 노려보았다.

"일할 상대를 소개하지. 쇼코, 들어와."

안쪽 맹장지가 스르륵 열렸다.

인형이네, 하고 신도는 생각했다.

잘 만들어진 마네킹이 거기 앉아 있는 것처럼 보였기 때문이다. 한데 그 인형이 지극히 자연스럽게 소리도 없이 일어나 이쪽 방으로 건너왔다. 인간이다.

하얀 긴소매 블라우스와 감색 롱스커트를 입고 조금 드러난 가는 발목은 촌스러운 살색 스타킹을 신고 있었다. 긴 흑발은 한 가닥으로 땋아내려 등에 늘어뜨렸다. 가녀린 몸에 창백한 피부, 새끼 사슴 같은 까만 눈과 작은 입술이 흡사 메이지나 다이쇼 시대의 미인화에서 빠져나온 듯 고풍스러운 분위기를 풍긴다.

쇼코라는 그 소녀는 신도에게 눈길도 주지 않고 곧장 나이키

곁으로 가서 다시 조용히 정좌했다. 거구의 나이키 옆에 있으니
그 자태가 더욱 인형처럼 보였다.

"내 외동딸 쇼코다. 올봄부터 스기나미 구에 있는 시라하마여
자단기대학에 다니고 있지. 그런데 요즘 세상이 워낙 시끄러워서
말이야. 매일 등하교 길에 보디가드가 필요해. 그 일을 너한테 부
탁하고 싶다. 마음 같아서는 내가 하루 종일 지켜 주고 싶지만 이
래 보여도 꽤 바빠서."

나이키의 손이 쇼코의 어깨를 천천히 쓸었다. 소중한 딸이라기
보다 애완견을 아끼는 듯한 몸짓이었다. 쇼코는 미동도 하지 않
고 무릎 위에 가지런히 놓은 제 손톱만 내려다보고 있다. 그 손톱
도 오랜 세월 파도에 쓸린 꽃조개마냥 작고 아담했다.

쓰레기장에 있는 학이라고나 할까, 그 자태는 야쿠자의 방이
분명한 이곳에 전혀 어울리지 않아 보였다. 나이키도, 야나기도,
흰 셔츠들도, 그리고 신도도 저마다 어마어마한 열량과 욕망을
발산하고 있다. 좋은 말로 표현하자면 생명력 같은 것이다. 소녀
에게서는 그런 동물적인 분위기가 일절 느껴지지 않았다.

신도는 방 안에 서 있는 흰 셔츠들을 슬쩍 둘러보았다. 쇼코가
방에 들어선 순간부터 그들의 긴장감이 높아진 것을 느꼈기 때문
이다. 누구 하나 이 피규어처럼 보일 만큼 예쁜 소녀에게 시선을
주지 않고 있다. 시선은커녕 가장 젊어 보이는 남자의 경우는 관
자놀이에 식은땀까지 흘리며 쇼코가 있는 곳 건너편의 아무것도
없는 공간을 필사적으로 응시하고 있었다.

"나는 보디가드 같은 일 해 본 적 없어."

"아니 뭐, 간단한 일이야. 쇼코에게 찜쩍거리는 놈이 보이면 박살 내 주면 돼."

"이상하네."

"뭐가?"

"당신들 같은 야쿠자가 생전 처음 보는 사람에게 가족의 목숨을 맡기다니. 보디가드 해 줄 사람이라면 여기 얼마든지 있는데."

신도가 그렇게 말하자 나이키가 빙긋이 웃었다.

"어이, 그거 가져와라."

다시 맹장지가 열리자 흰 셔츠 사내가 옻칠함을 들고 방으로 들어왔다. 큼지막한 도시락 크기의 상자가 책상에 놓인 순간 선향 냄새를 없애 버릴 만큼 강렬한 악취가 방 안을 가득 채웠다.

"물론 우리 아이들 중에 적당한 놈을 뽑아서 경호를 맡겼었지. 그런데 그놈이 감히 쇼코를 건드리려고 했단 말이야. 너라도 같은 여자로서 용서할 수 없겠지? 시집도 안 간 깨끗한 몸을 더럽히다니. 해서 다 큰 딸 옆에 혈기왕성한 젊은 놈을 붙여 둘 수 없겠다고 생각했다. 부모 마음이야. 이해하지?"

나이키가 옻칠함 뚜껑을 열었다.

"너라면 이런 실수 저지르지 않고 쇼코를 지켜 주지 않을까 생각한 거다. 어때. 맡아 줄 텐가?"

상자 속에는 사람의 오른손 손목이 들어 있었다. 손목시계를 차는 부분에서 절단된 손은 피부가 거무튀튀하고 일부는 부패하여 뼈가 드러난 상태다. 검게 곯은 걸쭉한 액체가 피부밑에서 흘러나와 옻칠함의 붉은 내부를 더럽히고 있다. 악취가 점점 심해지자 서 있던 흰 셔츠 가운데 하나가 허리를 구부리며 토했다. 그러나 부패한 손목을 바로 눈앞에서 보고 있는 쇼코는 여전히 무표정하게 가만히 앉아 있다. 신도는 손목보다 그 고요한 얼굴이 마음에 걸렸다.

"오오, 낯빛 하나 변하지 않다니, 배짱이 두둑하네. 야나기가 첫눈에 반할 만한 여자로군. 좋아, 결정했다. 오늘부터 일해 줘. 뒷일은 야나기에게 맡기지."

나이키가 개를 쫓아내듯 쉿쉿, 하고 손을 내둘렀다. 야나기가 가만히 일어섰다. 그가 눈짓으로 재촉하므로 신도도 하는 수 없이 그를 따라 방을 나섰다.

"―뭐, 대강 이런 상황이다."

방을 나서자마자 야나기가 긴 한숨을 지었다.

"너는 오늘부터 쇼코 아가씨의 운전사 겸 보디가드. 이 저택에 기숙하며 아가씨가 매일 아무 탈 없이 등교하고 아무 탈 없이 귀가하게 만드는 거다. 그게 일이다."

"거절한다면?"

"개를 죽인다. 그 참에 너도. 뻥이 아니란 건 그 물건을 보고 알았을 테고. 그리돼도 좋다면 나는 말리지 않을 테니까 어디로든가 봐. 다만 어디에 숨든 반드시 거처를 알아내서 멍멍이의 내장과 킬러를 보내 드리지."

"……내가 보디가드 같은 일을 제대로 할 수 있을 것 같지가 않아."

"지능이 강아지 정도만 돼도 할 수 있어. 수상한 놈이다 싶으면 다 까 버리면 돼. 너는 여자지만 사람 까는 데 망설임이 없잖아. 너 같은 싸움닭한테 딱 맞는 일이지."

신도는 고개를 숙이고 가만히 혀를 찼다. 그의 눈앞으로 담배가 쓱 디밀어졌다.

"필요 없어."

"뭐야, 소싯적 면도날 좀 씹어 본 주제에."

신도는 얼굴을 찡그렸다. 야쿠자 따위한테 양아치 대접을 받을 이유가 없다고 쏘아붙일까 했지만, 이 불쾌한 사내와 말을 섞고 있다는 것부터가 부아가 치밀어 그만두었다.

야나기는 은빛으로 빛나는 라이터로 담배에 불을 붙이고 연기를 깊숙이 빨아들였다. 토해 낸 보라색 연기 너머에서 신도를 함부로 훑어본다.

"그래, 무슨 운동을 했나? 공수도? 레슬링? 정좌가 익숙한 걸 보면 합기도냐? 소림사 느낌은 아니고."

신도는 대답하지 않았다. 야나기의 눈썹이 쓱 치켜올라갔다.

"……너, 원래대로라면 지금쯤 빨리 죽여 달라고 네 입으로 싹싹 빌 만큼 당하고 있었을 거다. 알아?"

"공갈하는 건가?"

"충고하는 거다. 아까 그 손목을 달고 다니던 놈도 보름 가까이 나 질질 끌면서 고통을 받다가 죽었다. 그런 고문에 능숙한 놈이 있거든. 숨이 끊어지는 순간까지 말짱한 정신으로 고통을 느끼게 하는 걸 좋아하는 놈이. 너를 오늘 당장 그놈한테 넘겨도 이상할 게 없었다. 그걸 내가 말려 준 거야. 살려 줘서 고맙다는 말 정도 는 하고 싶어지지?"

신도는 표정을 바꾸지 않고 밤공기에 녹아드는 담배 연기를 멀 거니 바라보았다.

"마음에 안 들어…… 그 나이에, 더구나 계집이, 세상에 무서운 거 없다는 낯짝을 하고 말이지."

"당신은 조금 무서워."

그렇게 말하자 야나기는 당황하는 표정이 되었다.

"유도 기술을 제대로 구사하는 놈은 성가셔. 별로 상대하고 싶 지 않아."

"……말은 그렇게 하지만 대담하게 정면으로 달려들었잖아."

"체급은 내가 위야. 당신, 70킬로도 안 되지?"

야나기가 껄껄 웃었다.

"너 진짜 또라이구나. 하는 수 없지. 데려왔으니 챙겨 주는 수 밖에. 자."

야나기가 아무렇게나 끄집어낸 1만 엔권 몇 장을 신도의 가슴 팍에 들이밀었다.

"내일 아가씨 등교시키면 이걸로 옷도 사고 화장품도 사."

"필요 없어."

손을 뿌리치자 야나기는 한순간 본래의 잔혹한 얼굴로 돌아갔다.

"꾀죄죄한 몰골로 아가씨 옆에 있으면 곤란해. 적당히 예쁘장한 옷을 준비해. 화장도 제대로 해서 그 밥맛없게 생긴 낯짝도 좀 가리고. 알겠지. 섣불리 행동하다간 너도 횟감이 되는 수가 있다는 걸 명심해."

복도 바닥에 지폐를 던져 버리고 야나기는 몸을 돌려 가 버렸다.

요의에 잠을 깼다.

신도는 나란히 놓은 방석 위에서 가만히 일어나 목과 어깨를 조심스레 돌려 보았다. 근육이 몸속에서 삐걱거린다. 얻어맞은 자리의 내출혈과 근육통이 걱정이지만 움직이지 못할 정도는 아니다. 열도 없는 것 같다.

시야가 선명해지자 낯선 천장과 벽이 눈에 들어왔다. 방 한쪽 구석에는 방석과 종이박스, 뚜껑이 있는 서류상자가 잔뜩 쌓여 있고 창문이 없으며 공기는 탁했다.

맹장지 틈새로 비껴드는 가는 빛을 의지하여 종이박스를 몇 개 열어 보니 사용하지 않은 수건, 고무테이프, 비닐 끈, 볼펜이나 호치키스 같은 사무용품 비축분, 작은 글자가 빼곡히 적혀 있는 서류나 헌 신문이 꽉 들어차 있었다.

스님이 입는 가사 같은 화사한 자수가 들어간 방석은 착석감이 생각했던 것처럼 나쁘지 않았지만 자신의 낡은 원룸이 그리웠다. 역에서 멀고 아무리 청소를 해도 욕실과 화장실에서 냄새가 나는 데다 면적도 좁았지만 당장 돌아가고 싶었다.

자리에서 일어나 손발과 허리를 꼼꼼하게 스트레칭했다. 피가 돌고 체온이 조금 올랐다. 입안이 끈적거리고 녹내가 났다. 그리고 심한 허기를 느꼈다.

어제 저녁에는 목욕도 못 하고 밥도 얻어먹지 못한 채 본채에 있는 3평쯤 되는 이 창고 방에 갇혀야 했다. 복도 건너편은 '아가씨' 쇼코의 방이다. 맹장지 너머 복도에 누군가 앉아 감시하는 기척이 있었지만, 어쨌든 혼자 있을 수 있게 되자 피로가 와락 밀려와 혼절하듯 잠들고 말았다. 그래서 꼬박 하루 가까이나 아무것도 먹지 못했다.

창고 방을 나와 복도 끝에 있는 화장실로 갔다. 어느 구석을 봐도 신축건물처럼 반들반들하게 닦여 있다. 소변을 보고 자신이 배설한 것을 찬찬히 점검한 뒤 흘려보냈다. 혈뇨는 없었다. 내장은 무사한 듯하다. 그리고 세면대에서 입을 헹구었다. 입안이 조금 찢어졌는지 찬물이 시렸지만 치아는 멀쩡하다. 세수도 하고 싶었지만 반창고나 붕대를 벗기는 게 귀찮아 그만두었다. 셔츠로 손을 닦으며 복도로 나왔다.

본채는 쥐 죽은 듯 조용했다. 불투명 유리창으로 들어오는 빛으로 새벽인 것은 알았지만 인기척이 없어 왠지 기분이 나빴다.

간밤에는 관찰할 여유가 없었지만 이 저택은 꽹장히 크다. '아가씨' 방 앞을 지나고 문살에 먼지 하나 없는 장지를 나란히 끼운 넓은 방을 지나도 방이 더 있다. 복도에서 내다보이는 중정은 고급여관의 팸플릿에 나올 법한 훌륭한 정원수와 연못으로 조화롭게 조성되어 있었다. 생업이 무엇인지 알 수 없지만 나이키는 별이가 상당한 야쿠자인 듯했다.

문득 고소한 냄새가 희미하게 느껴졌다. 어디서 생선을 굽고 있다. 위장이 액셀러레이터를 밟은 엔진처럼 요란하게 꼬르륵거렸다. 냄새를 쫓아 급하게 복도를 걸어갔다.

생선 굽는 연기는 별채 가운데 한 곳에서 피어오르고 있었다. 수런거리는 인기척도 느껴진다. 가까이 가 보니 뭔가를 기름에 튀기는 냄새와 된장국 냄새도 풍겨 왔다. 뱃속이 점점 요란하게 꼬르륵거렸다.

별채로 들어가 보았지만 사무실로 보이는 방에는 아무도 없고 그 옆방에서 이야기 소리가 들려왔다. 방을 들여다보니 본채보다 인테리어가 수수한 큰 다다미방에 좌탁과 20인분 정도 되는 젓가락과 접시 들이 나란히 놓여 있었다. 수학여행 같은 광경이다. 바삐 움직이는 몇몇 흰 셔츠가 신도를 발견하고 어, 하고 작은 소리를 질렀다.

"밥, 여기서 먹나요?"

아직 어린애 같은 얼굴을 한 까까머리에게 그렇게 묻자 상대방은 말도 없이 후다닥 뛰어서 방을 나갔다. 곧 다른 흰 셔츠들이 줄줄이 몰려나왔다. 개중에는 간밤에 박살을 낸 기억이 있는 얼굴도 몇몇 보였다.

"뭐야 너, 뭐 하러 왔어, 엉?"

얼굴이 퉁퉁 부은 깍두기머리가 나섰다. 남자들의 절반은 눈을 증오로 번들거리고 나머지 절반은 호기심을 고스란히 드러낸 얼굴로 신도를 빤히 쳐다보고 있다.

"나도 아침밥 먹고 싶어."

그렇게 말하며 언제든 한발 물러설 수 있도록 맨발로 다다미 테두리를 더듬었다. 싸움에 이골이 난 자들이 스무 명이다. 한꺼번에 상대하는 것은 역시 버겁다. 하지만 가능할지도 모른다. 목의 굵은 혈관으로 피가 펄펄 뛰며 올라오는 게 느껴졌다. 생각을 바꿔 보면 이곳은 원 없이 싸울 수 있는 무한리필 격투 레스토랑 같은 곳 아닌가. 혈기방자하고 제법 싸움에 자질이 있어 보이는 놈들이 이렇게 모가지를 나란히 세우고 있다. 혈관이 환희로 팽창한다.

"잠깐만. 이 아이는 아가씨의 새 경호원이다."

주먹을 꽉 쥐고 임전태세를 갖췄을 때 금속 국자를 든 흰 셔츠가 나왔다. 어제 나이키 방에 서 있던 남자들 가운데 하나다.

"신도 요리코라고 했던가. 여기에 함부로 들어오면 안 돼. 입구에서 제대로 인사해."

다른 흰 셔츠들의 시선이 국자 사내에게 쏠리고 있다. 이 사내가 졸개들의 리더인 듯하다.

"조금 더 일찍 일어나라. 오늘부터 아침 7시 반에 아가씨께 조식을 갖다 드려야 한다. 꼭이다. 그것도 경호 일에 포함되니까."

이런 이야기는 처음 듣는다. 벽에 걸린 시계를 보았다. 7시 20분이 막 지난 참이다.

"갖다 줄 테니까 그 전에 뭐든 좀 먹자. 배고파 죽겠다."

"장난하나. 얼른 이거나 아가씨께 갖다드려."

그렇게 말하며 은색 쟁반을 들이밀었다. 하얀 티 포트와 컵, 잼을 곁들인 얇은 토스트 한 장, 과일 몇 조각이 담긴 작은 유리접시가 놓여 있다. 꼭 새 모이 같다. 그러나 허기에 시달린 눈에는 충분히 매력적인 아침 밥상처럼 보였다.

"갖다 주고 나면 나도 밥 먹을 수 있겠지?"

"됐으니까 얼른 가!"

남자가 어이가 없다는 듯 국자를 휘둘러 쫓아내려고 해서 하는 수 없이 은쟁반을 들고 별채를 나섰다.

여전히 고요하고 인기척 없는 본채로 돌아가 쟁반을 쇼코 방 앞에 놓았다. 귀를 기울여 보았지만 방에서는 아무 소리도 들리지 않았다. 똑똑, 하고 맹장지 테두리를 두드렸다.

"아침 식사 왔는데."

반응이 없다. 토스트의 고소한 냄새가 코를 간질인다. 간에 기별도 안 갈 양이지만 뭐든 좋으니 일단 뱃속에 넣고 싶다. 당장 움켜쥐고 먹어 치울까 생각했다. 그 충동을 억누르며 다시 한번 맹장지를 두드렸다.

"아침 식사."

대답이 없다. 자나? 잠시 망설이다가 살짝 맹장지를 열었다.

"어."

자신도 모르게 목소리가 나왔다. 쇼코가 일어나 있었다. 옷도 이미 갖춰 입고 좌탁 앞에 얌전히 앉아 있다. 역시 마네킹 인형처럼 보인다. 옷은 어제처럼 블라우스와 스커트이고 머리도 깔끔하게 묶었다. 방 안은 단정하게 정돈되어 있지만 사진 한 장, 꽃 한 송이 장식되어 있지 않은 차가운 분위기라, 신도의 창고 방보다 정이 느껴지지 않는다.

"3분 빨라. 물러가."

쇼코는 신도 쪽은 보지도 않고 그렇게 쏘아붙였다.

"물러가세요."

작지만 단호한 목소리였다. 자그마한 아가씨인데 남에게 명령하는 데 익숙하다. 화가 나기보다 묘하게 우스워져서 시키는 대로 쟁반을 당겨 놓고 맹장지를 닫았다. 속으로 3분을 헤아린 뒤에 다시 맹장지를 두드리고 열었다.

쇼코는 전혀 달라지지 않은 자세로 좌탁 앞에 앉아 있었다.

"아침 식사."

좌탁에 쟁반을 내려놓자 눈길도 주지 않고 외면해 버렸다.

"필요 없어."

"그럼 이거, 내가 먹어도 돼?"

쇼코는 깜짝 놀란 듯 눈을 동그랗게 떴지만, 이내 "좋을 대로"

하고 말했다.

깨끗이 해치우는 데 1분도 걸리지 않았다. 뜨거운 홍차를 후룩후룩 소리 내며 마시자 쇼코는 노골적으로 낯을 찡그렸다.

"얼굴 좀 봐…… 징그러워."

곁눈질로 흘겨본다. 얼굴이 말이 아니라는 것은 부정할 수 없다. 붕대와 반창고는 피로 물들고 조금 드러난 피부는 내출혈로 요란하게 변색되어 있다.

"이렇게 징그러운 사람이 따라다니는 건 싫어요. 기분 나빠."

"나도 좋아서 여기 있는 거 아냐. 어쩔 수 없어서 있는 거지."

대꾸해 주자 쇼코는 예쁘게 다듬은 눈썹을 쓱 치켜올렸다.

"말하는 요령도 모르나 봐요."

정색하는 모습이 재미있어서 작은 트림으로 대꾸해 주었다.

"……그쪽은 야쿠자도 아니고 야쿠자의 여자도 아니군요. 이렇게 못생기고 초라한 애인은 없으니까. 그 사람들은 다들 예쁜 여자를 좋아해요."

"너 같은?"

쇼코가 얼른 홍차 컵을 쥐고 아직 뜨거운 차를 신도 얼굴에 확 뿌렸다. 붕대가 연갈색 액체를 흡수하여 지저분해지자 더욱 괴물처럼 보였다.

"어차피 당신도 금방 잘려."

얼굴에서 뚝뚝 떨어지는 홍차를 그대로 둔 채 신도는 어제와 딴판으로 활활 타오르는 듯이 분노를 드러내는 쇼코의 눈을 쳐다보았다.

"난 그쪽 엉덩이 더듬을 생각은 없어."

이번에는 컵이 이마를 향해 정통으로 날아왔다. 의외로 컨트롤
이 좋다. 이쯤 되자 역시 부아가 치밀었지만 슬쩍 건드리기만 해
도 산산이 부서질 것 같은 쇼코에게 손을 댈 수도 없어 잠자코 컵
을 주워 쟁반에 돌려놓았다.

경호에 쓰라고 키를 건네받은 차량은 아담하고 평범한 국산차
였다. 복장도 그렇지만 수수한 것을 좋아하는 아가씨인 듯하다.

정원은 어제의 난투극 흔적이 말끔하게 청소되어 핏자국 하나
보이지 않았다. 커다란 차고 앞에서 세차를 하거나 정원을 청소
하는 흰 셔츠들은 오늘도 신도에게 험악한 시선을 던지고 있었
다. 해소되지 못한 허기가 어우러져 다시 충동이 치밀었다. 주먹
에 굳은살이 박인 손이 사냥감을 찾아 멋대로 우두둑 뼈 소리를
낸다.

그때 돌담의 대문이 열리고 차량 몇 대가 들어왔다. 혼다 시빅
에 기댄 신도 곁을 지나 줄지어 차고로 들어갔다. 또 신참 야쿠자
가 왔나 했는데, 차종은 외제차와 경트럭이었고 거기서 내린 사
람들도 야나기처럼 야쿠자로 보이는 자가 있는가 하면 술집 주인
아저씨나 평범한 대학생처럼 보이는 사람도 있었다. 묵직해 보이
는 종이박스나 서류 상자를 옮기는 사람도 있는 등 서로 어울려
보이지 않는 조합이라 분위기가 묘했다.

별생각 없이 그들을 쳐다보고 있는데 본채에서 마침내 쇼코가 나왔다.

햇빛 아래서 보니 조금은 인간답게 느껴졌다. 흰 블라우스에 푸른 카디건, 길고 무거워 보이는 하카마 같은 스커트. 둥근 코에 굽이 없는 까만 에나멜 구두와 흰 레이스 양말을 신었다. 손에는 학생가방 같은 갈색 가죽 백을 들고 있다. 화장기는 없지만 목에는 알파벳 N자와 작은 진주가 한 알 박힌 금 목걸이를 걸었다. 신도는 유행에 민감한 편은 아니지만 쇼코의 패션과 소지품이 열여덟 살 또래의 여성치고는 고풍스럽고 촌스럽다는 것은 알 수 있었다. 연극부 고교생이 옛날 일화의 등장인물로 분장한 듯한 인상이다.

쇼코는 손수 도어를 열고 말없이 조수석에 앉았다. 신도도 운전석에 앉았다.

"아가씨는 뒷좌석에 앉는 거 아닌가?"

"지금 나한테 훈계하는 거예요?"

"조수석의 사망률이 더 높다던데."

그렇게 말하자 쇼코는 신도를 지그시 쳐다보고 비로소 입술을 살짝 일그러뜨리며 웃었다.

"알아요."

신도는 어깨를 으쓱해 보이고 시동을 걸었다.

"길은 알아요? 지각하면 전부 당신 책임이 되니까."

"대강 알아."

도쿄 23개 구의 도로망은 머릿속에 들어 있다. 시라하마여자단기대학은 부잣집 따님들이 다니는 곳으로 유명한 유서 깊은 학교였다. 캠퍼스가 스기나미 구에 있으므로 길만 막히지 않으면 여기서 20분밖에 걸리지 않는다. 아까 주걱을 들고 나타났던 부하—스미다라는 남자가 이 저택의 지배인 같은 존재인지, 쇼코의 교습 스케줄부터 음식 취향에 이르기까지 적어 둔 메모를 건네주었다. 귀한 아가씨의 안전을 나 같은 신참에게 이렇게 쉽게 맡겨도 되나, 라는 생각이 들었지만, 쇼코의 말 한마디에 목이 날아가기도 하고 손목이 잘리기도 한다면 경호를 아무한테나 떠넘기고 싶어지는 것도 무리는 아닐 거라고 생각했다.

"저 경트럭을 타고 온 아저씨들도 야쿠자인가?"

창고 쪽을 가리키며 묻자 쇼코의 표정이 딱딱하게 굳었다.

"저건…… 사람 찾는 전문가들이에요."

"응? 흥신소 같은?"

"몰라요. 쓸데없는 얘기 그만 하고 어서 출발해요."

그렇게만 말하고 학교에 도착할 때까지 한마디도 하지 않았다.

대학 정문까지 쇼코를 바래다준 신도는 차를 몰아 제일 먼저 눈에 띈 식당으로 뛰어들었다. 중화덮밥 대짜에 치킨튀김, 교자 2인분, 라멘 소짜를 주문하고 식탁에 서빙되는 것부터 게 눈 감추듯 먹어치웠다. 꾀죄죄한 식당인데, 주인도 다른 손님들도 지저분한 붕대를 감은 특이한 모습의 신도를 쳐다보고 있었다.

기름지고 양념이 진한 요리들을 남김없이 뱃속에 집어넣은 뒤 물을 마시고 한숨을 돌렸다. 이제야 기분이 차분해졌다. 허기는 좋지 않다. 안 그래도 복잡한 생각에 어울리지 않는 머리가 더욱 돌아가지 않게 되기 때문이다.

바지 주머니에 넣어 둔 지갑을 꺼냈다. 그 속에는 어제 야나기가 쥐여 준 지폐가 들어 있다. 그럭저럭 쓸 만한 액수다.

도망칠까? 하는 생각이 문득 떠올랐다. 그러자 인간을 의심할 줄 모르는 개의 유리구슬 같은 눈동자가 어른거렸다. 어제 본 개가 아니라 어릴 때 키우던 개의 눈이다.

정확하게는 할아버지가 키우던 개인데 3호라 불렀다. 잡종견으로, 여우처럼 붉은 털에 어딘지 야물지 못하고 맹한 얼굴이지만 똑똑하고 사람을 잘 따랐다. 치쿠와 어묵을 좋아했는데, 몰래 주었다가 할아버지에게 들켜서, "개한테 사람 먹을 걸 주지 마라!" 라는 호통과 함께 무섭게 얻어맞았었다. 눈치 빠르고 순한 개였지만 주인은 어디까지나 할아버지 한 사람뿐이라는 듯이 행동했고, 실제로 마지막 순간까지 할아버지 곁을 지키다가 주인과 함께 눈에 묻혀 죽었다. 개에게는 죄가 없다. 그토록 충실하고 친절한 동물은 없다.

물을 마신 신도는 계산을 마치고 차로 돌아가 다시 달리기 시작했다.

식당을 고를 때와 마찬가지로 맨 처음 눈에 띈 신사복점으로 들어가 양말과 무지 티셔츠 세 장, 얇은 감색 재킷과 바지, 허리띠와 속옷을 샀다. 점원이 의아한 표정을 지었지만 원래 체격 때문에 남자 옷을 입는 일이 많다. 한동안 재 보지 않았지만 키는 170센티미터를 훨씬 넘고 체중은 75킬로그램쯤 된다. 시내 매장에서 파는 여성 옷 중에서는 맞는 게 거의 없다. 옷을 사는 김에 근처에 있는 약국에서 진통제와 소독약, 반창고를 샀다. 차로 돌아가 백미러를 보며 상처를 처치했다.

눈 옆의 찢어진 상처 말고는 이제 처치할 필요가 없어 보였지만 얼룩덜룩한 내출혈은 생각보다 상태가 심각했다. 피부가 흰 탓도 있어서 피멍이 눈에 확 띈다. 어린이가 제 얼굴에 보라색, 초록색, 검은색 크레파스로 마구 낙서를 해 놓은 듯하다. 역시 파운데이션이라도 샀어야 했는지 모른다. 아니면 기왕 이렇게 된 김에 그럴 듯한 선글라스를 써서 야쿠자 똘마니처럼 꾸며 볼까.

"⋯⋯."

운전석에 힘없이 기대며 한숨을 짓는다.

일이 이상해졌다. 원래대로라면 지금쯤 어울리지도 않는 분홍 앞치마를 두르고 꽃가게 배달 차량을 운전하고 있어야 한다. 가게를 무단결근 하고 말았다. 아마 오늘로 해고되겠지. 시시콜콜 잔소리가 심한 꽃가게 주인 얼굴이 떠오른다.

부업으로 이케부쿠로에 있는 꽃가게에서 배달 일을 시작한 지 1년쯤 된다. 딱히 꿈꾸던 직업은 아니지만 가게 주인과 성격이 맞지 않는 것 말고는 대체로 마음에 들었다. 운전을 잘하고 좋아하기도 하므로 언젠가 트럭을 한 대 사서 운송업으로 독립하게 될지도 모르겠다는 생각도 하고 있었다. 가방끈도 짧지만 외모도 시원찮다. 게다가 싸움을 좋아하고 남에게 고개 숙이는 걸 끔찍이 싫어하는 자신이 여자 몸으로 혼자 먹고살 수 있는 일은 없을지 어릴 적부터 내내 궁리해 봤는데, 배달이나 운송업도 나쁘지 않은 직업처럼 보였다. 설마 이런 일로 운전을 하게 될 줄은 짐작해 본 적도 없었지만.

살 것을 다 사자 다시 대학 앞으로 돌아가 정문이 보이는 적당한 자리에 노상 주차를 하고 시트 등받이를 기울여 낮잠을 잤다. 잘 먹고 잘 자면 부상도 금방 회복된다. 일단은 시키는 대로 착실히 일하는 척하며 몸을 추스르고 난 다음에 할 일을 생각해 보기로 했다.

깜빡 잠이 들어 짧은 꿈을 꾸었다.

하얀 하늘과 파란 땅바닥이 한없이 펼쳐져 있다. 어린아이가 우는 소리가 들린다. 처음에는 슬프게 울더니 점점 분노가 담긴 고함으로 바뀌었다. 파란 지면 위로 커다란 새가 휘익 미끄러져 날아간다.

도어 유리를 얌전히 똑똑 두드리는 소리에 눈을 떴다.

"잘하는 짓이군요."

쇼코였다. 왠지 승리한 듯한 표정으로 조수석으로 미끄러져 들어왔다.

"적어도 강의 끝나기 10분 전까지는 교문 앞에 차를 대 놓아야

해요. 내가 정문에서 열 발자국 이상 걷게 하면 안 돼요."

이곳은 정문에서 20미터 이상 떨어진 공원 옆이다.

"첫날이라서."

"그게 나랑 뭔 상관이에요. 실수는 실수지."

"그래서? 아버지한테 일러서 내 손목도 도시락통에 담으려고?"

그렇게 말하자 쇼코는 혐오를 그대로 드러낸 표정으로 신도를 노려보았다.

"공손하게 말하라고 했죠? 난 고용주예요. 당신의 주인이라고. 그런 천한 말투는 그만둬요. 경의를 표하세요."

"알겠사옵니다, 아가씨. 이제 됐어?"

"……그쪽이랑 얘기를 하면 두통이 와요. 빨리 다음 장소로 이동해요."

신도는 스미다가 준 메모를 보았다. 꼼꼼한 필체로 '꽃꽂이 강습, 요리교실'이라고 적혀 있다. 그밖에도 다도, 기모노 착용법, 기모노 재단, 피아노에 영어 회화로 매일 쉴 틈도 없이 온갖 강습이 들어차 있다. 저도 모르게 쇼코의 옆얼굴을 빤히 쳐다보았다.

"뭐예요. 그렇게 빤히 쳐다보는 건 실례예요."

"이런 거, 즐겁느……어요?"

"무슨 뜻이죠?"

"꽃꽂이니 다도니 하는 거."

쇼코는 코웃음을 쳤다. 일반적으로 사람이 웃으면 조금 어리게 보이기 마련이지만 쇼코는 웃음을 짓자 묘하게 나이가 들어 보였다.

"즐겁자고 하는 거 아니에요. 이건 교양이에요. 여자라면 결혼 전에 그런 걸 배워 두어야죠. 상식이에요."

"에? 난 아무것도 해 본 적 없는데."

"그건 그쪽이 못생기고 가난한 촌뜨기이기 때문이고. 성장 환경이 나쁜 사람은 자유로우니까 부럽네요."

헐, 하고 코웃음으로 응수하고 신도는 시동을 걸었다.

"아무리 열 받게 해도 나는 안전운전밖에 못합니다. 아가씨."

그렇게 말하자 쇼코가 볼을 살짝 붉힌 것 같기도 했다.

운전사 겸 보디가드라는 신도의 일은 주말도 없고 공휴일도 없었다. 쇼코가 쉬지 않기 때문이다. 휴일에도 자잘한 일정이 꽉 차 있다. 세상에는 이런 강습도 있구나, 하는 생각에 진저리가 쳐졌다. 승마와 활쏘기까지 있었다.

체력이 남아도는 사람처럼 보이지는 않는데 쇼코는 불평 한마디 없이 그 일정을 묵묵히 해냈다.

학교 수업도 지루했던 신도로서는 쇼코의 뇌가 어떻게 생겨 먹은 것인지 궁금할 정도였다. 저렇게 온갖 것들을 집어넣으면 터지지 않을지 물어보고 싶었지만 쇼코는 신도에게 꼭 필요한 지시, 고상한 어휘를 동원한 비난밖에 던지지 않았다.

의아한 것은 쇼코가 학우들과 어울리는 모습을 한 번도 볼 수 없었다는 것이다. 통학을 수행하다가 발견한 사실이지만, 다른 학생들은 두세 명, 때로는 그보다 많은 그룹이 경단처럼 똘똘 뭉쳐서 행동한다. 쇼코처럼 혼자 캠퍼스로 들어가고 혼자 나오는 아이는 극소수였다.

다들 부잣집 따님다운 분위기였지만, 그래도 미니 원피스나 화사한 메이크업으로 활달하게 다니는 여학생이 여럿 보였다. 끼리끼리 어울리는 아이들은 서로 비슷한 패션을 하고 있는 경우가 많았다. 쇼코처럼 고풍스러운 스타일은 달리 없었다.

대학생들은 신도와 비슷한 또래일 텐데도 묘하게 어려 보였다. 신도는 대학 근처에도 가 보지 못했다. 진학하려고 생각해 본 적도 없다. 대학뿐만 아니라 초등학교, 중학교, 고등학교도 자기한테 어울리지 않는 곳이라는 위화감을 품고 자랐다. 또래들이 복작거리는 그 공간은 비슷한 점이라고는 나이밖에 없는 이물질을 구토하듯 밀어내려고 했다.

나는 토사물이다, 라고 생각하며 병아리처럼 약한 개체들에 둘러싸여 보낸 그 시간은 대체 무엇이었는지 여전히 모르겠다. 공부라는 것을 했다지만 기억나는 것이 없다. 저 정문 너머에서 혼자 공부하고 혼자 강습을 받으며 매일매일 뭔가를 배우고 있는 쇼코는 세상에 이물질이 아니라 동료로 받아들여지고 있는 걸까.

그날 마지막 강습인 요리교실을 마친 쇼코가 차에 타자 고소하고 향긋한 냄새가 풍겨 왔다. 저도 모르게 코를 킁킁거리자 쇼코가 짜증스레 노려보았다.

"개 흉내는 그만둬요."

"과자 구웠어요?"

"플로랑틴이에요."

"프로……뭐?"

"알 리가 없지. 프랑스 과자예요. 아몬드로 만드는."

무릎 위 강습용 가방에서 하얀 종이상자를 꺼냈다.

"이거예요, 처음 보죠?"

상자 속에는 네모난 갈색 캐러멜처럼 생긴 한입 크기의 과자가 아담하게 담겨 있었다. 달콤한 향은 그리 넓지 않은 차량 안을 가득 채웠다.

"맛있어요?"

"당연히 맛있죠. 과자잖아요."

아, 실례, 하고 적당히 대꾸하고 차를 몰았다. 달콤한 간식을 특별히 좋아하지는 않지만 저녁 식사 전의 공복에 아몬드 향이 콕콕 박힌다. 저도 모르게 숨을 들이마셨다. 그런데 과자 냄새 속에 또 다른 달콤한 냄새가 섞여 있는 것을 느꼈다. 비누, 샴푸, 세제. 여자들이 갖고 다니는 물건들의 향기. 여성 물품에는 왜 이렇게 달콤한 향기를 입히는 걸까.

"—아이가 생기면 과자는 꼭 손수 만들어 줄 거예요. 당연한 거죠. 매일 애정을 담아 제대로 된 식사와 함께 정성껏 굽는 거예요. 그게 엄마의 할 일이니까."

"허."

핸들을 돌리며 쇼코의 이야기에 적당히 맞장구쳤다.

"엄마는 삼짇날 때면 사쿠라모치를 빚어 주셨어요. 화과자는 양과자보다 만들기가 어렵잖아요. 나도 딸을 낳으면 사쿠라모치를 빚어 줄 거예요. 하지만 우선은 아들부터 낳아야죠. 그쪽 어머니는 어땠어요? 뭘 만들어 먹였기에 이렇게 곰처럼 야만스럽고 커다랗게 자랐을까."

"몰라요. 부모 얼굴은 본 적도 없으니까."

대답이 없었다. 어색한 공기가 흐른다. 신도는 별로 어색하지 않았지만 쇼코가 불편해하는 것이 느껴졌다. 의외로 소심한 아이인지도 모른다. 흐뭇하다. 콧노래라도 흥얼거리고 싶은 기분으로 핸들을 움직였다.

저택에 도착해서 본채 앞에 차를 댔다. 그 현관만으로도 신도의 연립 주택보다 넓었는데, 조명이 환하고 입구에는 늘 흰 셔츠두 명이 보초를 서고 있었다. 운전석에서 내려 조수석 문을 열자 뚱한 표정으로 내린 쇼코가 종이상자를 쑥 내밀었다.

"필요 없으니까 버려 줘요."

신도는 오븐의 열기가 여전히 남아 있는 상자를 받아들고, 저택 안으로 빠르게 걸어 들어가는 쇼코의 뒷모습을 바라보았다.

차고에 차를 넣고 곧장 별채로 향했다. 뻔뻔하게 드나들다 보니 점차 신도의 저녁밥도 차려 주게 되었다. 조리는 흰 셔츠들이

당번제로 하는지 벽에 급식당번표가 붙어 있었다.

이번에 야쿠자 사무소라는 곳에 처음으로 발을 들여놓았지만 상상했던 것보다 질서가 잡혀 있고, 무슨 일로 돈을 버는지는 몰라도 모두들 매일 아침 일찍 일어나 정해진 흰 셔츠를 입고 성실하게 일하고 있어서 솔직히 맥이 빠지는 느낌이었다. 청소와 정리정돈을 게을리하면 선배들에게 빰을 맞고 차 심부름이나 손님 접대를 위한 예의범절을 두고 잔소리를 듣는다. 간부나 보스들은 제법 자유롭게 생활하는 듯한데 이 별채에 기숙하는 부하들은 교도소나 소년원에 있는 것처럼 지내고 있다.

이런 생활을 제대로 해낼 수 있다면 건전한 인생도 어렵지 않게 살아갈 수 있지 않을까 하고 신도는 생각했다. 하지만 그것도 잠시, 흰 셔츠들의 피부밑에는 건전한 일반인에게서 느낄 수 없는 불덩이 같은 무언가가 숨어 있음을 깨달았다. 신도의 내면에도 있는 낯익은 것이다. 뭐라고 불러야 할지는 모르겠지만 여하튼 그 불덩이는 폭력을 먹이로 자라며 폭력을 갈구하고 있다.

식당으로 쓰는 큰 방으로 들어가자 다른 사람들이 막 저녁 식사를 끝내는 참이었다. 오늘의 메뉴는 카레. 신도가 인사 한번 하지 않고 들어와도 더 이상 뭐라 하는 사람은 없었다. 따가운 시선이야 늘 느끼지만 일단은 야나기의 부하 신분이 된 셈이므로 함부로 건드릴 수가 없는 듯했다. 누구의 부하도 선배도 될 생각은 없었지만 조용히 지낼 수 있다면 그걸로 됐다.

주방으로 가서 우동이나 라면을 담는 제일 큰 그릇에 밥을 푸고 카레를 듬뿍 끼얹고 날계란도 두 개 깨 넣었다. 냉장고에 시원한 보리차가 있어서 컵에 따랐다. 작업대와 작은 의자가 있으므로 큰 방으로 가지 않고 거기 앉아 허겁지겁 먹기 시작했다.

옆방에서는 텔레비전 소리와 웃음소리, 이야기 소리가 들려온다. 왠지 묘한 느낌이다. 신도는 카레를 기계처럼 빠르게 입으로 나르며 작업대 위에 올려둔 하얀 종이상자를 쳐다보았다. 그 아이, 츤데레인지 솔직한 아이인지 알 수가 없다. 상자 속 과자들은 한입에 털어 넣으면 끝나 버릴 것처럼 앙증맞게 생겼지만, 이런 고급과자는 신도의 생활과는 거리가 먼 것이었다. 어릴 때 먹어본 간식이라고는 가끔 국물을 내고 남은 다시마와 멸치를 양념간장으로 짭짤하게 조린 것 정도이고, 케이크 같은 것은 상경하기 전에는 구경조차 해 보지 못했다. 이런 걸 매일 먹고 자라는 아이도 있구나, 하고 멍하니 생각했다.

'그러고 보니.'

쇼코가 차 안에서 어머니 이야기를 했었는데 이 저택에서는 모습을 본 적이 없다. 야나기를 비롯한 어느 누구에게도 듣지 못했으니 아무래도 지금 이곳에는 살지 않는 듯하다. 이혼했나? 사별했나?

"이건 또 뭐냐. 어디서 가져왔어?"

고개를 들어 보니 전에 개 목줄을 쥐고 있던 니시라는 자가 신도를 내려다보고 있었다. 종이상자를 손가락으로 톡 튕겼다.

"아가씨한테 받았어."

"뭐? 어디서 구라를 쳐. 훔친 거 아냐?"

니시는 술을 마신 모양이다. 이곳에 기숙하는 다른 야쿠자보다 더 나이 들어 보이고 눈썹을 면도로 밀어낸 듯 기묘한 얼굴을 가진 그는 첫날부터 유난히 살벌한 표정으로 신도를 대했다.

"궁금하면 아가씨한테 물어봐."

"장난하나! 죽을래?!"

니시가 상자를 바닥에 내동댕이치자 속에 든 작은 과자들이 바닥에 흩어졌다. 그 소리를 듣고 다른 흰 셔츠들이 주방으로 모여들었다.

"어이! 암돼지! 내 말 안 들려? 너 맘에 안 들어!"

니시는 보리차 컵을 들고 카레 밥이 3분의 1이나 남아 있는 그릇에 촤악! 쏟았다.

"켁!"

격한 딸꾹질을 참는 듯한 소리가 니시 입에서 새어 나왔다. 의자에서 일어선 신도의 손아귀가 그의 목을 움켜쥐고 있었다.

"밥을 망쳐 놨어. 내 밥을."

손아귀 속에서 울대뼈가 꾸룩꾸룩 움직였다. 목 근육 사이로 손가락이 파고들며 뼈를 꽉 누르자 숨을 쉬려고 안간힘을 쓰는 컥컥, 소리가 선명한 분홍빛으로 변하기 시작한 입술에서 새어 나왔다. 니시는 손톱을 세우고 신도의 손을 떼어내려 했지만 소용이 없었다. 신도는 그대로 팔을 천천히 위로 올렸다. 니시의 발끝이 바닥에서 떠오르기 시작했다.

신도는 주위에서 새파란 낯으로 구경하는 흰 셔츠들에게 눈길을 돌렸다.

"내가 먼저 싸움을 걸진 않아."

툭툭, 하며 빗방울 떨어지는 듯한 둔탁한 소리가 들렸다. 니시가 허공에 뜬 채 오줌을 지린 것이다. 바닥에 고인 액체에서 암모니아 냄새 풍기는 미지근한 김이 피어올랐다.

"단, 누가 덤벼들면 배로 갚는다."

니시의 눈동자가 위쪽으로 휘릭 뒤집히는 순간 목을 놔주었다. 털썩, 하고 제 소변에 엉덩방아를 찧고 그대로 기절하여 바닥에 고꾸라졌다.

후우, 하고 한숨을 지으며 신도는 싱크대로 가서 세제로 손을 씻었다. 그리고 식기 선반에서 새 주발을 꺼내 다시 밥과 카레를 퍼 담았다.

쇼코를 학교에 들여보낸 뒤부터 강의가 끝나 마중 나갈 때까지의 시간이 신도가 낮에 누릴 수 있는 자유시간이었다. 그 시간에 밥을 먹고 차에서 낮잠을 잔다. 저택으로 돌아가기는 싫었다. 그 세계는, 야쿠자의 세계는 누군가가 누군가의 힘을 겁내고 무릎을 꿇음으로써 성립한다고 신도는 생각했다. 그들은 자존심이니 협기니 하는 말들을 떠벌리지만 그것은 겉으로 하는 말이었다. 상대를 공감하는 폭력이 그 저택 안에 안개처럼 감돌고 있었다. 예전에 고향에서 느꼈던 순수한 힘과 힘의 충돌은 그곳에 없었다.

힘은 치사한 처세와 흥정의 도구로 전락해 버렸다.

니시에게 오줌을 지리게 만든 뒤 별채에서나 본채에서나 시비를 걸거나 폭언을 날리는 자는 없어졌지만, 다들 신도를 전보다 더 이방인, 초대하지 않은 손님처럼 대했다. 신도도 이 저택에 머물고 싶어서 버티고 있는 것은 아니므로 그들의 태도가 더욱 불쾌했다.

저택에서 유일하게 마음이 풀어지는 곳은 개집 앞이었다. 개집은 두 번째 별채 뒤쪽에 있는데, 지붕도 있고 사람이 살아도 됨직한 멋진 건물이었다. 한 평 반쯤 되는 공간이 철망으로 구획되어 있고, 열쇠는 니시가 관리하기 때문에 열어 볼 수는 없지만, 밖에서 개를 볼 수는 있다. 일전에 만난 도베르만과 셰퍼드를 포함하여 모두 5마리가 사육되고 있었다.

도베르만의 이름은 셰리라고 하는 듯했다. 니시나 다른 흰 셔츠들이 보이지 않을 때면 신도는 개집 앞에서 시간을 보냈다. 처음에는 경계하던 개들도 매일같이 찾아가자 신도를 이 저택 사람으로 인식하는지 짖지 않게 되었다.

우리 앞에 쪼그리고 앉아 콘크리트 바닥과 담요 위에 늘어져 있는 셰리를 쳐다보았다. 좋은 사료를 먹는지 건강 상태는 양호해 보인다. 한창 젊은 개다.

할아버지와 함께 죽은 3호 진에 길렀던 개는 2호라 불리는 개였는데, 신도가 태어나기 전부터 할아버지 집에 살고 있었다. 큰 덩치치고는 장수한 셈이다. 특이하게도 늘 웃는 상이었다. 할아버지에게 그 인상을 말하자 개에게는 웃음이라는 감정이 없다고 핀잔을 주었다. 그게 사실일까? 개는 웃지 않는단 말인가? 기쁨과 분노와 슬픔이 있다면 웃음도 있지 않을까? 박식한 할아버지가 하는 말은 대체로 믿었지만 그 말만은 여전히 의문이다.

"셰리."

작은 소리로 불러 보았다. 귀를 쫑긋 세우며 빤히 눈을 맞춘다. 고개를 갸웃거리며 젊은 개답게 호기심을 드러내지만 '이 인간과 친해져도 될까' 하는 망설임도 느껴진다. 그 소심함에 신도는 저도 모르게 미소를 짓고 만다.

"개가 그렇게 좋은가."

흠칫 놀라 뒤를 돌아보니 야나기가 서 있었다. 역시 장례식에 참석하고 온 듯한 옷차림에 독특한 담배 냄새를 풍기고 있다. 야나기는 개집 앞에 서서 작은 소리로 쭈쭈쭈, 하고 혀를 울렸다. 셰리는 꼬리를 감추며 겁먹은 표정으로 개집 구석으로 가버렸다.

"아아, 완전히 눈 밖에 났구나. 네 탓이야."

"……당신, 개를 죽일 생각은 없는 거겠지."

"왜, 도망치려고? 내가 죽이지 않아도 누군가가 죽인다. 우리는 일단 뱉어낸 말은 삼키지 않는다. 반드시 너를 후회하게 만든다."

"그 전에 당신이 내 손에 죽지."

"너한텐 무리야. 제법 강하긴 하지만 그래 봐야 여자지. 내가 권총을 들고 있다면 어떻게 죽일래? 야쿠자가 작심하면 너 같은 건 구멍 하나 더 늘리고 죽는 거야."

코웃음을 친다. 그 소리에 셰리가 다시 귀를 쫑긋 움직인다.

"그건 그렇고, 하는 일은 어때? 아가씨하고는 잘하고 있나?"

"짐치고는 잔소리가 심하지만 여대생치고는 조용한 편이니까 실어 나를 만해."

쿡, 하고 야나기가 터지는 웃음을 참는 듯한 소리를 냈나.

"그 말, 혹시라도 다른 놈들한테는 하지 마."

"당신한테는 괜찮다는 건가?"

"세 번 정도는 못 들은 걸로 해 주지. 부처님 얼굴이다^{부처님 얼굴도 세 번 만지면 노여워한다는 속담이 있다.}"

야나기는 셰리 외에 다른 개집을 들여다보고 희롱하며 말했다.

"뭐, 당분간 너는 아가씨 경호 말고는 아무 일도 안 해도 될 거야. 인원이 모자라는 일이 생기지 않는 한."

"인원이라면 많이 있을 텐데. 이 저택에 뭐가 그렇게 할 일이 많다는 거지?"

신도도 야쿠자 실행 부대는 조장의 저택이 아니라 각지에 있는 조직 사무소에서 일하고 있다는 것 정도는 알고 있었다. 이곳은 어디까지나 나이키의 자택인 것이다. 흰 셔츠들이 이렇게나 많지만, 사찰의 허드렛일을 하는 동자승 같은 자들일 거라고 생각하고 있었다.

"가끔 경트럭을 타고 오는 사람들 본 적 있나?"

고개를 끄덕였다. 경트럭을 타고 오는 그 야쿠자스럽지 않은 무리는 매주 한두 번 저택에 찾아와 본채 서재에서 나이키와 장시간 대화를 하는 듯했다.

"그건 보스가 개인적으로 고용한 탐정사무소 사람들이야. 부인과 정부를 찾고 있지."

저도 모르게 야나기의 얼굴을 올려다보았다.

"그래. 아가씨의 어머니. 남자는 보스가 총애하던 간부인데, '긴 칼 마사'라고 불리던 유명한 야쿠자였어. 벌써 10년 넘게 도망 다니고 있지. 내가 보기엔 국외로 튀었거나 동반자살이라도 했을 것 같은데, 보스는 여전히 포기하지 않고 있지."

10년 이상. 저도 모르게 중얼거렸다.

"아가씨가 초등학교에도 들어가지 않았을 때였지. 당시는 나도 이 저택에서 기숙하며 일하고 있을 때라 잘 기억하고 있어. 비 오는 날 밤 사무소에서 여럿이 탁자에 둘러앉아 있는데, 부인의 비명을 듣고 놀라서 달려가 봤더니 보스가 마사의 칼에 베여 피를 흘리며 쓰러져 있더군. 보스는 그때까지 마사를 완전히 믿고 있었으니까, 그렇게 총애했던 만큼 증오가 엄청난 거지. 내가 마사라면, 혹시라도 보스에게 붙잡히게 된다면 깨끗이 자결하고 말 거야. 얼마나 끔찍한 고문을 당할지 알 수 없으니까."

개 냄새에 섞여 문득 그 살 썩는 냄새가 되살아나는 듯했다.

"아가씨가 놀랄 정도로 부인을 **빼닮게** 자란 것도 문제야. 그래서 보스는 따님한테 접근하는 놈들을 더 기를 쓰고 막는 거야. 손목을 잘린 그놈도 실은 차에서 내리는 아가씨를 신사적으로 에스

코트했을 뿐이라는 거야. 너도 여자니까 괜찮겠지 하고 안심하면 안 돼. 손가락 하나 건드리지 않는 게 좋아. 네 뱃속에서 빨랫줄을 꺼내 줄넘기를 하게 되는 수가 있으니까."

"충고 고맙군."

야나기가 담배에 불을 붙이고 한숨 섞인 담배 연기를 크게 토해낸다.

"솔직히 나도 진저리가 나. 아무리 죽어라 돈을 벌어도 그 돈은 보스의 아내와 정부를 찾는 일, 그리고 따님 신부수업으로 다 나가 버리니까. 부인도 기왕 도망칠 거면 딸도 데리고 갔으면 얼마나 좋아. 덕분에 나는 아우들 먹여 살리느라 죽을 지경이다. 이 저택과 조직 사무소도 언제까지 유지할 수 있을지. 재미없는 얘기지."

"왜 그런 얘기를 나한테 하지?"

"네가 어리바리한 외부인이니까. 조직 놈들한테 이런 불평을 털어놓다간 손가락이 날아가지."

"내가 고자질을 하면?"

"누가 네 말을 믿을 것 같아? 이 업계는 말이지, 신용에 관한 한 성모마리아보다 남자가 우선이야. 도둑이든 거지든."

껄껄 웃는 야나기에게 등을 돌렸다.

"왜, 억울하냐? 애처럼 굴긴."

"내가 어린애도 아니고, 그런 건 벌써 옛날부터 알고 있어. 뭐가 '이 업계'야. 세상이 다 그런데."

"호오, 젊은 사람이 제법 달관했군. 그래, 이 세상은 엿 같아. 무슨 일이든 적당히 포기하는 게 중요해."

야나기는 신도의 발치를 향해 담배꽁초를 손가락으로 탁 튕기고 힘없는 걸음으로 어디론가 사라졌다.

2
장

2

　활짝 열어 둔 창에서 빗소리가 들리는 것을 알아채자 요시코는 황급히 샌들을 꿰신고 툇마루를 통해 밖으로 나갔다. 좁은 뜰에 널어 둔 수건과 속옷을 급하게 바구니에 담아 집 안으로 던져넣었다. 하늘이 갑자기 어두워지더니 멀리서 그르렁거리는 천둥소리가 희미하게 들려왔다. 장마가 한 걸음 일찍 찾아온 듯 5월답지 않은 날씨였다.

　다행히 빨래는 많이 젖지 않았다. 실내에서 마저 말리면 되겠다. 후우, 하고 한숨을 돌리고 집 안으로 돌아와 툇마루 문을 닫았다. 휘익 불어오는 바람이 느슨하게 묶은 요시코의 머리카락을 흔들었다. 새치가 많아 실제보다 더 나이가 들어 보인다는 것은 알지만 염색도 커트도 하지 않고 그냥 놔두고 있다. 얼굴에 주름살도 적고 허리도 꼿꼿해서 머리만 염색하면 10년 이상 젊어질 거라는 말은 종종 듣지만 이제 와서 젊어 보이면 뭐 하나 하고 생각한다.

"이봐요, 마사 씨. 빨래 정도는 좀 알아서 걷어 주면 좋잖아요? 비 떨어지는 소리 들었죠?"

옆 거실에서는 사이토 마사가 고풍스러운 앉은뱅이책상에 팔꿈치를 괴고 앉아 한가롭게 신문을 보고 있었다. 요즘 보기가 쉽지 않은 각지게 친 반백머리와 목에 감은 수건이 건실한 옛날 기술자를 떠오르게 한다. 최근에는 살집이 많이 올라서 구부정하게 앉아 있으면 왠지 시바견이나 아키타견처럼 보인다.

"나도 이젠 가는귀가 먹어서."

마사는 외모에 어울리지 않는 부드러운 목소리와 말투로 그렇게 말하며 큼지막한 검은 테 안경을 벗어 들고 요시코를 힐끔 쳐다보았다.

"하여간 핑계는……."

그래도 예전의 날카로운 인상을 생각해 보면 마사는 신체뿐만 아니라 성격도 놀랄 만큼 둥글둥글해졌다. 가까이하기 어려울 만큼 팽팽한 긴장감을 풍기던 면모는 이제 거의 찾아볼 수 없다. 농담을 통 모르던 사람이 요즘은 아재개그도 날리고 콧노래까지 흥얼거리게 되었다. 예전 지인이 지금의 마사를 보면 아마 소스라

치게 놀랄 것이다.

하지만 요시코도 남 얘기 할 처지가 아니다. 예전이라면 절대로 입지 않았을 화려한 고양이무늬 앞치마와 밝은 겨자색 스웨터를 입고 있다. 한때는 수수하게 입으려고 신경 쓰며 살았지만 요즘은 이 나이라도 너무 수수해져 버리면 도리어 눈에 띈다. 양장은 버스를 타고 가야 하는 이웃 동네 백화점에서 해마다 몇 벌 사는 정도인데, 최근에는 소박하고 수수한 옷이 젊은 여성용으로, 화려한 옷이 중년여성용으로 팔린다. 반면에 그전까지 늘 반듯한 옷만 입던 마사는 동거하기 시작한 뒤로 완전히 편안한 옷만 입게 되었고, 지금은 어디 외출할 때도 무릎이 튀어나온 트레이닝복으로 해결하고 있다.

우리도 나이가 든 거야. 그렇게 생각하며 요시코는 마사의 등을 쳐다보았다. 손을 잡고 죽어라 달리던 그 찬비 쏟아지던 밤도 이제는 까마득한 과거가 되었다는 사실이 믿기지 않는다. 두 사람 모두 반백머리가 되도록 함께 지낼 줄은 더욱 상상하지 못했고.

중인방에 행거를 걸고 빨래를 널고 나자 저녁 식재료가 아무것도 없다는 것이 생각났다. 요시코는 한숨을 지으며 카디건을 걸치고 장바구니를 어깨에 멨다.

"잠깐 장 보고 올게요."

"뭐야. 이런 날씨에 굳이 외출할 건 없잖아요."

"흰밥에 우메보시만으로 저녁을 때워도 좋다면 안 가죠."

마사는 턱을 긁으며 신문을 접고 끙, 하며 일어섰다.

"그럼 같이 갈까요."

"네? 웬일이에요, 별일이네."

"가끔은 좋잖아요. 데이트예요, 데이트."

"싱겁기는……."

마사는 감색 점퍼를 걸치고 냉큼 현관으로 향했다. 요시코가 얼른 뒤를 따랐다.

빗발은 그리 굵지 않다. 제일 가까운 슈퍼마켓까지는 3백 미터 정도. 중년의 발에는 딱 좋은 산책 코스다. 한 우산을 쓰기는 남우세스러우므로 각자 싸구려 비닐우산을 쓰고 걷는다.

"이대로 장마가 오려나."

"봄을 건너뛰었네요, 올해도."

드문드문 한가로운 이야기를 나눈다. 도회지는 아니지만 촌스럽지도 않은 이 작은 마을에서는 주민 대부분이 자가용을 이용하지만 두 사람은 자전거도 가지고 있지 않다. 걸어갈 수 있는 가게에서만 장을 보며 생활한다. 멀리 나갈 필요가 있을 때는 하루 열 번 운행되는 버스를 이용한다. 검소하지만 자기 형편에 어울리는 조용한 생활을 하고 있다.

나지막한 산에 둘러싸인 동네지만 산 하나만 넘으면 바다도 가깝다. 해서 생선도 맛있고 채소도 달다. 집은 임대료가 싼 현영 주택으로, 사치만 부리지 않으면 가난하나마 느긋하게 살 수 있다. 무엇보다 근처 대기업 공장에 다니는 젊은 세대가 많은 덕분인지 시골에서 흔히 겪는 오지랖 넓은 이웃이 없어서 좋다. 전에 살던 동네는 뒷소문 좋아하고 남의 가정사를 미주알고주알 캐내는 걸 즐기는 이웃이 많았다. 타지에서 이사 온 요시코 커플은 그들의 만만한 먹잇감이 되어 살기가 무척 힘들었다. 이 동네는 마음에 든다. 조용하게 생활할 수 있다.

젊은 시절에 막연히 그리던 미래하고는 전혀 다른 생활이다. 조금 앞에서 걷는 마사의 반백머리를 바라본다. 두 사람 모두 이 나이가 되고 보니 나이 차이는 없는 거나 마찬가지가 되었다.

"저기, 마사 씨."

요시코가 입을 떼는 순간 앞쪽에서 공기를 째는 듯한 커다란 소리가 들렸다.

저도 모르게 멈춰선 두 사람 앞에서 하얀 미니밴 차량이 좌우로 오락가락 진행하다가 도보 연석을 넘어 그대로 장례식장 입간판에 충돌했다. 터진 에어백이 앞 유리 전체에 꽉 차고 차량 밑에서 연기가 피어올랐다.

"큰일 났네, 사고예요, 사고."

마사가 당황했다. 사고 차량에서는 아무도 내리지 않았다. 요시코가 주위를 둘러보았다. 평소 차량이 제법 오가는 도로인데 하필 이때는 아무도 보이지 않았다.

"큰일이네, 구급차를 불러야 해."

"하지만……."

두 사람 모두 휴대전화가 없었다. 구급차를 부르려면 얼른 집으로 돌아가거나 슈퍼마켓까지 달려가 공중전화를 사용하는 수밖에 없다.

"아이가 있어요."

마사가 작은 소리로 외쳤다.

가만 보니 차 안에는 분명히 아이가 있는 것 같았다. 연기는 점점 짙어지고 약품 냄새 같은 매캐한 냄새가 주위에 감돌기 시작했다. 그냥 놔두면 불이 붙어 차량이 폭발해버릴지 모른다.

"안 되겠어요, 당장 어떻게든 해야 해요. 도와줍시다. 어서!"

마사가 우산을 내던지고 샌들 차림으로 차량으로 뛰어가자 요시코도 얼른 뒤를 쫓았다.

"괜찮아요? 내 말 들립니까?"

마사가 운전석 도어 유리를 쾅쾅 두드렸다. 삼십대로 보이는 남자가 시트와 에어백 사이에 끼어 축 늘어져 있었다. 조수석에는 여자애가 앉아 있는데, 패닉에 빠졌는지 눈을 휘둥그레 뜬 채 어깻숨을 쉬고 있지만 온몸이 굳어 움직이지 않았다.

"마사 씨, 물러나요!"

요시코가 가까이 있던 깨진 연석 블록을 번쩍 들어 올렸다. 쫭, 하고 창유리를 때렸지만 금만 갈 뿐 깨지지는 않았다. 마사는 얼른 조수석 쪽으로 돌아갔다. 다행히 조수석 쪽은 이미 유리가 깨져 있어 손을 집어넣어 잠금장치를 풀고 도어를 열었다.

"괜찮니? 다친 데 없어? 내리자, 어서!"

마사가 떨리는 손으로 안전벨트를 풀어 주고 온몸이 굳은 채 말이 없는 여자애를 안아서 끌어내려고 하는데 마침내 차량 뒤쪽에서 불길이 솟았다.

"불이 붙었어요, 피해요!"

"다 됐어, 거의 다 깨졌어요!"

요시코의 블록이 마침내 도어 창유리를 깨뜨렸다. 얼른 도어를 열고 안전벨트를 풀어 남자를 끌어내기 시작했다.

"더, 더 멀리 떨어져요!"

마사가 멍하니 서 있는 여자애를 안고 뛰기 시작했다. 요시코도 필사적으로 남자를 끌어당겼다. 그때 펑, 하는 둔탁한 폭발음과 함께 차량이 불길에 휩싸였다. 뜨거운 바람이 요시코 들에게 확 불어왔다.

아슬아슬하게 화염을 피한 것이다. 비 내리는 하늘을 쪼개듯이 시뻘건 불길과 시커먼 연기가 피어올랐다.

맥이 풀린 요시코는 남자를 안은 채 그 자리에 털썩 주저앉았다. 고개를 돌려 여자애의 손을 꼭 잡고 우두커니 서 있는 마사를 바라보았다. 흰 피부와 가녀린 몸매, 머리를 길게 내려뜨린 여자애는 눈을 휘둥그레 뜨고 있다. 그 모습을 보니 가슴이 저미는 듯했다.

그때, 우와, 또는 히야, 하고 감탄하는 남녀의 목소리가 들려왔다. 흠칫 놀라 쳐다보니 어느새 가까이 정차한 경차에서 젊은이 몇 명이 스마트폰을 꺼내 들고 불타는 차량과 요시코 들을 촬영하고 있었다.

"이봐요! 구급차! 구급차를 불러요!"

마사가 경차를 향해 소리쳤지만 젊은이들은 뭐라고 떠들며 촬영만 할 뿐 차에서 내리려고 하지도 않았다. 그제야 정신이 돌아왔는지 여자애가 울음을 터뜨렸다. 요시코가 안고 있던 남자도 신음소리를 내기 시작했다. 그때 바다 쪽에서 달려오던 차량이 급정차했다. 거기서 내린 중년여성 두 명이 흥분해서 이리저리 뛰어다니며 새된 목소리로 전화를 했다. 소방서와 경찰서에 신고하는 듯했다.

경차에서 젊은 남자가 내렸다. 말없이 다가와 도로에 누운 남자와 그를 안고 있는 요시코에게 스마트폰 카메라를 향했다.

"이봐, 찍지 마! 뭐 하는 거야!"

마사가 팔을 휘둘러 보이며 제지하려고 했다. 젊은 남자는 마사의 목소리가 안 들리는 듯 스마트폰 카메라로 마사 쪽을 계속 촬영하고 있었다.

"마사 씨, 안 돼요! 찍히면 안 돼요!"

요시코가 외쳤다. 마사는 흠칫 놀라 소매로 얼굴을 가리고 뒷걸음질했다. 폭발 탓인지 구경꾼이 빠르게 늘어나고 있었다. 순찰차 사이렌 소리가 들렸다. 요시코는 마사에게 뛰어가 그의 등에 매달려 몸을 바르르 떨기 시작했다. 차가운 비에 온몸이 푹 젖었다는 걸 그제야 깨달았다.

3
장

3

"당신 뭐 하는 사람이에요?"

평소와 다름없이 조수석에 앉았다고 생각하는 순간 냉큼 날아온 그 말에 신도는 "어?" 하는 얼빠진 소리를 내고 말았다. 오늘의 일정은 영어회화 개인 레슨. 고엔지 양관에 사는 전 외교관의 부인이라는 아주머니에게 일대일로 배운다. 쇼코가 강습 받는 시간에는 대개 밖에 세워 둔 차 안에서 잠복하는 형사처럼 대기하지만, 이 레슨 때만은 신도도 집으로 들어가 별실에서 홍차와 고급 케이크를 대접받으므로 조금은 마음에 들었는데.

"어, 가 아니라 제대로 대답해 봐요. 당신 뭐 하는 사람이에요? 여자 보디가드라니, 역시 믿음이 안 가요. 남자를 대적할 수 있을 리 없잖아요. 아빠는 왜 이런 근본도 알 수 없는 사람을 고용했지?"

"그건 나도 묻고 싶네. 영문도 모르고 강제로 일하게 된 거니까."

맥주병에 맞은 머리 상처를 보여 줄까 싶었다.

"……강해요? 당신?"

"글쎄."

"마음이 안 놓이네…… 내가 누구한테 납치라도 당하면 어떡할래요?"

"그런 적, 있어요?"

쇼코는 아랫입술을 꼭 깨물었다. 오늘도 합창대회 무대의상 같은 고풍스런 실크블라우스와 선홍색 롱스커트 차림이다. 입에서 나오는 말의 9할이 정중한 비난이어서 우습다.

"……나는 결혼할 때까지 절대로 상처 하나 입으면 안 돼요. 나만의 문제가 아니란 말예요. 당신 같은 사람은 모르겠지만. 제대로 된 여자에게는 약혼자가 있는 법이에요."

헐, 하고 생각했다. 그런 부친이라면 딸을 시집보내는 것도 거부하고 집 안에만 묶어둘 것 같은데.

"약혼자는 나를 정말 진지하게 생각해 줘요. 원래는 고교를 졸업하자마자 결혼해야 하는데, 지금은 그런 시대가 아니라면서 2

년이나 대학에 다닐 수 있게 해 주었어요. 그 은혜를 생각해서라도 일등 신부가 되도록 노력해야 해요."

"어렵구만."

생각대로 말하자 쇼코의 목소리 톤이 확 올라갔다.

"뭐예요, 그 말. 지금 나를 무시하는 거예요?"

딱히 그런 생각은 없었다고 변명하는 목소리를 밀어내듯이 쇼코의 목소리가 더욱 커졌다.

"진짜 맘에 안 들어. 이렇게 못생기고 꾀죄죄한 주제에 나를 늘 동정하는 눈으로 쳐다보고. 그 사람 무시하는 말투도 싫어요."

오늘은 기분이 별로인 모양이다. 한숨을 짓고 쇼코의 얼굴을 빤히 쳐다보았다.

"당신이 경의를 표하라고 했잖아. 나는 당신 부친이 내 배를 째고 빨랫줄 꺼내는 게 싫을 뿐이야. 당신 뒤에 있는 부친이 성가실 뿐이라고. 당신한테는 아무 생각도 없어. 흥미도 없고. 전혀. 요만큼도. 자의식 과잉이군."

그렇게 단숨에 말하자 쇼코는 이내 얌전해졌다. 다시 시동을 걸고 차를 출발시켰다. 하지만 곧 분위기가 이상한 것을 느꼈다.

조수석에 앉은 쇼코가 소리도 내지 않고 눈물을 줄줄이 흘리고 있었다. 당황해서 자신도 모르게 급브레이크를 밟았다.

"어, 왜 그래요?"

"아무것도 아녜요."

"아무것도 아닌 게 아닌데. 배 아파요? 생리? 화장실 갈 거라면—,"

"아니라니까! 당신, 대체 왜 그래요? 더는 못 참아. 너무 싫어!"

그렇게 말하고 쇼코는 갑자기 안전벨트를 풀더니 도어를 열려고 했다. 신도는 얼른 쇼코의 손목을 잡았다.

"놔! 날 만졌어! 여자라도 상관없어. 당신도 죽을 거야! 알아?"

울부짖듯 외치는 쇼코의 목소리를 지워버리듯 4톤 드럭이 경적을 울리며 바로 옆을 휙 지나갔다.

"도어를 열었으면 저 차에 날아가 버렸어요."

타이르듯이 말하자 쇼코의 목소리가 바르르 떨린다.

"차 내릴 때는 뒤를 잘 살펴봐야 해요."

"싫어! 진짜 싫어!"

쇼코가 날카롭게 소리쳤다.

"그럼 아빠한테 운전사 바꿔 달라고 해. 내 모가지는 당신 방에라도 장식해 두고."

"싫어! 싫다고! 끔찍한 소리 하지 마!"

마침내 쇼코는 몸을 숙이고 어깨를 떨며 흐느껴 울기 시작했다. 잡힌 손에서 힘이 스르륵 빠진다.

뭐지 이건, 하며 신도는 우는 쇼코의 정수리를 쳐다보았다. 뭘 울기까지 하나. 왜 울지? 영문을 모르겠다. 어린애가 떼쓰는 것 같다. 여자가 울 때는 이런 소리를 내나 보다.

잠시 기다려도 울음을 그치지 않아 뒷좌석에 둔 티슈 박스를 쇼코에게 내밀었다. 쇼코는 티슈를 여러 장이나 뽑아 눈가를 찍어내고 꽤 요란하게 코를 풀었다.

갓길에 위태롭게 세운 시빅 옆을 다른 차량이 짜증스럽게 경적을 올리며 지나갔다. 쇼코가 흐느끼는 소리도 점차 잦아들었다.

"아가씨, 오늘 영어회화 레슨은 무리 아니에요?"

호흡이 안정되는 것을 보고 말을 건넸다.

"……무리고 뭐고 관계없어요. 가지 않으면 안 돼요."

"전화 한 통이면 돼요. 오늘은 쉬겠다 해요."

"쉬면 어쩌라고요. 나는 달리 해야 할 일 같은 거 없어요."

다시 한번 요란하게 코를 풀고 나서 쇼코가 말했다. 눈알이 빨갛고 코도 빨개서 도저히 평소 새침하던 아가씨처럼 보이지 않았다.

"……어디 가고 싶은 데가 있다면 데려다 줄 텐데."

꾸깃꾸깃한 티슈 밑에서 눈물에 젖은 눈동자가 신도를 지그시 바라보았다.

쇼코가 말한 곳은 학교에서 10분쯤 걸리는 카페였다. 매주 기모노 착용법을 배우러 가는 길에 보았던 가게다. 붉은 벽돌로 만든 벽 위로 담쟁이덩굴이 기어오르는 수수한 외관에 간판에는 가게 이름보다 '珈琲專門店 커피전문점'이라는 문자가 더 크고 힘찬 글씨체로 적혀 있다.

카페에 들어선 순간 그윽한 커피 향에 휩싸였다. 공기가 전부 커피 향으로 채워져 있는 듯했다. 카운터에는 '금연'이라고 적힌 커다란 종이가 붙어 있다. 테이블이 5개, 카운터 4석 정도인 작은 카페였다. 오십대 주인이 가느다란 노즐이 달린 법랑 포트로 커피를 내리는 중이다. 스피커에서는 화려한 클래식 음악이 흐르고 있었다. 신도가 적당한 테이블에 앉자 쇼코도 긴장한 표정으로 맞은편에 앉았다.

"이 카페는 뭐가 유명해요?"

신도는 음식에 특별한 취향이 있는 것도 아니어서 맛집이나 유행하는 가게를 거의 모른다. 대학가나 군부대 근처에 있는 싸고 양이 푸짐한 가게가 좋다. 조심스레 메뉴를 보니 평소 시간 때우려고 들어가는 적당한 카페보다는 조금 비싸지만 터무니없다고 할 정도의 가격은 아니었다. 본 적도 없는 커피콩 이름이 긴 홍보글과 함께 무슨 주술문처럼 길게 나열되어 있었다. 쇼코는 그 내용을 열심히 읽고 있다. 아이 같은 외모에 어울리지 않게 커피마니아인 걸까?

주문을 받으러 온 주인에게 신도는 브랜드커피, 쇼코는 만델링을 주문했다. 잠시 후 모양이 다른 커피 잔 두 개가 나왔다.

뜨거운 브랜드커피를 한 모금 마신다. 맛있다. 그런 느낌이지만 솔직히 잘 모르겠다. 향은 진하다. 쇼코를 보니 새침한 얼굴로 새끼손가락을 세운 채 잔을 들고는 츕, 하고 검은 커피를 한 모금 머금고…… 그리다가 당황한 듯 잔을 내려놓고 찬물을 몇 모금이나 마셨다.

"아가씨, 혹시."

"······왜요."

"설마 아니겠지만, 마셔 본 적 없어요, 커피?"

눈물 자국이 남은 볼이 금세 빨개졌다.

"······아빠가, 여자가 건방지게 커피 같은 걸 마시면 못쓴다고 금지해서."

"에? 그게 뭔 소리? 바보 아냐?"

저도 모르게 그렇게 말하고 말았다. 쇼코가 충혈된 눈으로 날카롭게 째려보았다.

"······그래, 어때요? 금단의 맛이."

"그냥 쓰기만 해요. 안 마시는 게 정답이네, 이런 거."

카운터 너머에서 주인이 힐끔 시선을 던진다.

"설탕과 크림을 넣어요. 마시기가 조금은 나아질 거예요."

테이블 구석에 있는 유리제 설탕포트를 눈앞에 놓아 주었다. 쇼코는 잠시 그것을 노려보다가 싸라기설탕을 네 스푼이나 넣었다.

"우리 할아버지는 내가 열두 살 생일 때 커피를 마시게 해 주었어요. 처음 찻집이라는 델 들어가 둘이 커피를 한 잔씩 마셨어요. 그게 생일선물이었죠."

"······할아버지랑 살았어요?"

"그래요. 열다섯 살 때는 술도 마시게 해 주었어요. 주량을 파악해 두라면서. 금방 속이 뒤집혀서 웩웩 다 토하고, 최악의 생일이었죠."

빨간 머리털을 손끝에 돌돌 감으며 말하자 검은 머리카락과 검은 속눈썹에 담긴 쇼코의 눈이 깜빡였다.

"열다섯 살이면 술을 마시면 안 되는 나이잖아요."

"그렇죠."

"특이하게 자랐네요."

"아가씨만큼 특이하진 않을 텐데."

"원한다면 내가 들어 줄 수도 있어요."

"뭘요?"

"어떻게 하면 당신 같은 사람으로 자라는지."

신도는 저도 모르게 작은 소리로 웃었다. 궁금하면 궁금하다고 솔직히 말하면 될 것을.

"난 할아버지 할머니 밑에서 자랐어요. 아주 어릴 때는 아버지도 같이 살았던 것 같은데 전혀 기억이 안 나요. 할아버지는 진짜 무서운 사람이었지만 요리를 잘하고 손재주가 뛰어나서 뭐든지 할 수 있었죠. 할머니는 친절했어요. 아니, 얌전하셨죠. 늘 천을 둘둘 감고 계셨어요."

"천을? 왜요?"

"추운 곳이었으니까. 할머니는 거기보다 더 북쪽 출신이었다고 하는데 추위에 약했어요. 일 년 내내 집 안에 있는 천이란 천은 다 모아 그걸 둘둘 감고 닌로 앞을 떠나시 않아서 눈알만 보였어요."

장작난로 앞에 소파를 놓고 색색가지 한텐이나 침대 커버를 두른 채 앉아 있던 할머니 모습이 기억난다. 니트 모자를 쓰고 그 위에 또 모포를 둘둘 감고 발에도 양말을 겹겹이 신고 레그워머까지 신어서 꼭 코끼리 다리처럼 보였다. 그런 천 괴물 같은 모습에서 유일하게 청회색 눈동자만이 할머니가 거기 분명히 있다는 증거처럼 반짝이고 있었다.

"별난 할머니였네요."

"지금 생각하면 그래요. 집을 떠날 때까지 그걸 아무렇지도 않게 여겼어요. 그러니까 집안일도 바깥일도 대개 할아버지가 도맡아 했던 거죠. 할머니는 이야기꾼 역할을 했어요. 온갖 이야기를 알고 있었으니까. 옛날이야기나 젊을 때 만났던 별난 사람 이야기. 할아버지 명령으로 텔레비전은 금지였으니까 그게 거의 유일한 오락이었어요."

쇼코의 표정이 환해졌다.

"나도 텔레비전은 금지예요. 그런 걸 보면 머리가 나빠지고 품위가 없어지니까 보지 말라고 해서."

"그래요? 덕분에 이쪽이나 그쪽이나 품위 있고 똑똑하게 컸네요."

"……놀리지 말아요."

신도는 웃었다.

"하지만 할머니가 들려주는 이야기는 텔레비전 못지않게 재미있었어요. 책이나 교과서에 나오지 않는 이야기들이 아주 많았어요. 난 마귀할멈 이야기를 좋아했어요."

"무서운 이야기?"

"전혀. 그 마귀할멈은 재미있는 집에 살아요. 깊은 숲속에 있는 그 집에는 닭 다리가 돋아 있어서 높이 떠 있어요. 그래서 보통 사람은 들어갈 수 없죠. 마귀할멈은 그 집을 사람 뼈로 장식해요."

"무서운 얘기잖아요."

"마귀할멈한테는 그게 그냥 인테리어일 뿐이에요. 그 집에서 사람을 납치해 잡아먹거나 가축에게 저주를 내리거나 하며 살고 있어요. 뭐든지 알고 뭐든지 예측하고 마법을 쓰니까 엄청 강하죠. 마을 사람들이 무서워해요. 하지만 착하고 친절한 여자애가 간절히 부탁하면 보물을 주거나 어려운 일을 도와주기도 해요."

"악당 아니에요?"

"못된 짓도 하고 착한 일도 하고. 밭을 싹 불태워버리기도 하고 순진한 아가씨가 왕자님과 결혼해서 왕비가 되도록 돕기도 해요. 마귀할멈이 무슨 짓을 할지, 적인지 우리 편인지, 처음 등장할 때는 짐작할 수 없다는 것이 마귀할멈 이야기들의 재미난 점이죠."

신도는 미지근하게 식은 브랜드커피를 마셨다. 쇼코도 작은 새가 부리로 쪼듯이 잔 속의 액체를 조금 입에 머금고 다시 눈썹을 찡그렸다.

"마귀할멈은 그렇게 온갖 일을 벌이다가 마지막에는 쫓겨나기도 하고 고맙다는 인사를 듣기도 하지만, 할머니의 결론은 늘 똑같았어요. '너도 마음씨 곱고 친절한 아가씨가 되면 마귀할멈 같은 무서운 사람이라도 널 도와줄 거다'라고. 어떤 마귀할멈이 등장하더라도 마지막에는 어김없이 그 말을 듣게 되죠."

"그래서 당신이 마음씨 곱고 친절한 아가씨가 되었군요."

"보시다시피. 하지만 사실 나는 마귀할멈이 되고 싶었어요. 그쪽이 훨씬 재미있을 것 같았으니까. 비나 벼락을 내리고 불을 일으키고 가축들 불알을 이따만하게 불리고, 암튼 재미난 짓을 뭐든지 할 수 있잖아요. 강인하고 멋질 거라고 생각했어요. 그래서 할머니에게 왕비가 아니라 마귀할멈이 되고 싶다고 했다가 엄청 혼났죠."

그 기억에 그만 웃음이 터지고 말았다. 그때는 할머니가 마귀할멈처럼 보였다.

"―나도, 될 수만 있다면 마귀할멈이 되고 싶어요."

쇼코가 가만히 말했다.

"아가씨는 착한 사람이 되어 왕자님과 결혼하는 게 꿈 아녜요? 이렇게 예쁜 옷을 입고 보석으로 치장하고."

"······이따위 옷, 좋아하지도 않아요."

쇼코의 표정이 문득 어두워졌다.

"이런 옷도, 이런 헤어스타일도, 구두와 가방도 좋아하지 않아요."

"그럼 왜 입어요? 아가씨라면 얼마든지 마음에 드는 옷을 사입을 수 있잖아요."

"이거, 엄마 옷이에요."

쇼코는 고개를 숙이고 작은 소리로 말했다.

"엄마는, 지금, 집에 없고…… 내가 입는 옷은 전부, 엄마가 남겨두고 간 것들인걸요. 원래는 모두 아빠가 산 거예요. 엄마를 위해서. 예전에는 수입상을 집으로 불러서 구입했대요. 그래서, 아빠 마음에 드는 것만 샀대요. 평상복도 외출복도."

블라우스의 프릴칼라 목깃이 에어컨 바람에 흔들린다. 어쩐지 고풍스런 옷이다 싶었는데, 실제로 예전 옷이었던 것이다.

"이 헤어스타일도…… 화장을 안 하는 것도, 전부 다 어머니가 그랬기 때문이에요. 주위 사람들이 나를 촌스럽고 따분하다고 생각하는 것도 잘 알아요. 하지만, 어쩔 수 없어요. 시집갈 때까지는, 나는 나이키 가문 사람이니까. 아빠 덕분에 지금까지 자랐으니까, 옷 정도는."

"하지만, 싫잖아요."

"결혼하면, 다른 옷을 입을 수 있어요. 이제 얼마 안 남았으니까, 참는 것도 그리 힘들지 않아요."

"결혼 후에는 남편 취향대로 입어야 할지도 모르죠."

쇼코는 말없이 고개를 떨어뜨렸다. 그 어려 보이는 얼굴, 아직 고교생 정도로밖에 안 보이는 쇼코와, 결혼이라는 말이 잘 연결되지 않는다. 게다가 아무리 귀한 집 따님으로 컸다고 하지만 야쿠자 딸을 아내로 맞는 사람이 온전한 사내일 수 있을까?

"제일 싫은 건 이거."

쇼코가 검지로 이니셜 N이 박힌 목걸이를 톡 잡아당겼다. 신도가 알기로는 하루도 빠짐없이 매일 목에 걸고 있다.

"이것도 엄마 거예요. 아빠가 결혼하고 제일 처음 선물한 거래요. 결혼할 때까지 절대로 벗지 말래요."

그렇다면 개나 고양이 목에 채우는 목걸이 아닌가. 신도는 자기 목까지 갑갑해지는 것 같아 어깨를 빙글빙글 돌렸다.

"—또 그런 얼굴을 하네."

쇼코가 차가운 목소리로 말했다.

"또 날 동정하는 눈으로 보고 있어."

"아니, 그건—,"

"분명히 말해 두지만, 당신은 오해하고 있어요. 나를 자유도 모르고 세상물정 모르는 아이라고 생각하겠지만, 아니에요. 나도 다 알아요. 당신보다 잘. 내가 어떤 인생을 살아갈지 잘 이해하고 있어요. 동정하는 척 멸시하지 말라고요."

그런 생각은 없었다고 말하려고 했지만, 듣고 보니 정말 그런 마음이 아니었을까, 하며 신도 자신도 알 수 없게 되고 말았다.

"맛없어……."

설탕을 넣은 만델링을 찌푸린 얼굴로 마시는 쇼코를 보며 신도는 제목도 모르는 클래식 음악에 귀 기울이고 있는 수밖에 없었다.

"이런. 눈이 부었네……."

카페를 나와 차로 돌아가자 쇼코는 가방에서 작은 거울을 꺼내

제 얼굴을 점검하듯 꼼꼼히 살펴보았다.

"그 정도는 내일이면 빠져요."

"알아요. 하지만 저녁 먹을 때 아빠가 무슨 일이냐고 물을 거예
요. 운전사가 괴롭혔다고 대답해도 좋을까 몰라."

"좋을 대로."

"……화 안 내요?"

"원한다면 화내고."

"……역시 맘에 안 들어, 당신. 배배 꼬였어요."

남 말 하네, 라고 생각했지만, 입 밖에 내지 않고 시동을 걸었
다.

해가 길어진 탓에 거리는 여전히 환하다. 퇴근한 샐러리맨이
나 대학생, 아이를 데리고 나온 어머니들이 저마다의 속도로 석
양 속에서 이리저리 걸어가고 있다. 도쿄는 사람이 많다. 이곳에
온 지 몇 년이 지났지만 여전히 하루하루 신선하게 느껴진다. 수
많은 사람이 있고, 모두가 제각각이다. 나이도 직업도 얼굴 생김
새, 체구, 옷 입는 취향도. 이곳에 살면 자신도 그 제각각 가운데
어느 하나로서 세상에 묻혀 살아갈 수 있을 것이다.

10분 정도 달렸을 때 쇼코가 불쑥 입을 열었다.

"로드킬 당한 새끼고양이를 보고 불쌍해서 울었다고 할래요.
아빠는 믿을 거예요. 전에 함께 외출했을 때 로드킬 당한 새끼고
양이를 보고 운 적이 있으니까. 아빠는 착하구나, 하고 말해 주었
죠. 우리 쇼코 착하다고……."

혼잣말하는 목소리였다. 신도는 말없이 운전만 했다.

저녁 메뉴는 돈지루돼지고기를 주재료로 하는 일본식 된장국 와 밥과 단무지
였다. 별채 좌탁 한쪽에 앉아 주발에 수북이 퍼 담은 밥을 절반은
샛노란 단무지로 절반은 돈지루에 말아서 후루룩 해치웠다.

원래 대식가이지만 어제부터 먹어도 먹어도 허기가 진다. 두통
과 나른함도 조금 있는 걸 보면 생리가 가까워졌나 생각했다. 그
날이 오면 아가씨에게 생리대를 빌리자고 할 수도 없지 않은가.
내일은 약국에서 사두자. 그런 생각을 하며 돈지루에 만 밥을 마
지막 한 알갱이까지 먹었다. 조금 더 먹고 싶다고 생각하는데 눈
앞에 돈지루 사발이 쓱 나타났다.

"괜찮아요? 땡큐."

이 저택에 기숙하는 자들 가운데 제일 어린 까까머리가 고개를
꾸뻑 숙인다. 여전히 뜨거운 돈지루를 고맙게 먹었다.

저녁을 먹고 나면 정리정돈이나 청소를 하거나 교대로 마작을
하거나 텔레비전을 보거나 경비를 서는 등 흰 셔츠들은 저마다
할 일을 시작하지만, 신도는 마작이나 야구 중계를 보는 무리에
끼어들 수도 없어, 어쩔 수 없이 본채로 들어가게 된다.

이 저택에 기숙하는 부하들은 별채 욕실에서 여러 명이 함께
목욕을 하는 듯한데, 신도는 거기에 낄 수도 없으므로 본채 욕실
사용을 허락받고 있다. 쇼코는 매일 정해진 시간에 느긋하게 목
욕을 하므로, 그 뒤에 들어간다.

탈의장 앞에서 옷을 벗고 벽에 걸린 거울로 등과 어깨를 살펴본다. 여기저기 난 상처는 다 아물고 멍도 거의 다 빠졌다.

다친 데가 금방 낫는 것은 아직 젊기 때문이다. 게다가 할아버지가 "넌 타고났구나"라고 몇 번인가 말했던 것을 기억한다. 체구가 크고 단단한 것도, 다쳐도 금방 회복되는 것도 그냥 단련한다고 되는 것이 아니다.

할아버지가 왜 자신을 단련시키려고 했는지, 또 자신은 왜 그렇게 단련하려고 했는지 솔직히 잘 기억나지 않는다.

처음에는 머리카락과 눈동자 색깔을 두고 자신을 괴롭히는 아이들을 혼내 주고 싶다는 단순한 바람이 계기였던 것 같다.

하지만 그만한 동기로는 고문에 가까운 수련을 버텨낼 수 없었을 것이다.

알통이 불끈거리는 팔과 빨래판 같은 복근을 쓰다듬는다.

할아버지의 내력은 잘 모르겠다. 말해 준 사람이 아무도 없었다. 이야기를 좋아하는 할머니도 당신과 남편 이야기는 물론이고 어떻게 만났는지도 들려주지 않았다.

내가 아는 것은 용서가 없는 사람이었다는 것. 감당하기 힘들 만큼 강했다는 것.

손녀를 집어 던지고 나무에 거꾸로 매달고 목검으로 후려치는데 아무런 망설임이 없었다. 눈 쌓인 바깥에서 동사 직전까지 정권 지르기를 시켰고. 대련하다가 세 번이나 뼈가 부러졌다. 하지만 신도는 어지간해서는 울지 않았다. 할아버지가 "그만 할까"라고 하면 고개를 저었다.

재미있었던 것이다.

힘 속에 몸을 담그는 것이 즐거웠다. 내가 이기면 더 즐겁지만 압도적인 힘에 짓눌리는 것도 오싹할 만큼 좋았다. 통증이나 분함조차 자극적이고 즐거웠다. 만화나 음악이나 패션보다 그게 훨씬 즐거운 오락이었다. 폭력은 어느새 신도의 유일한 취미가 되었다.

그래도 성미에 맞지 않았으면 중간에 때려치우고 다른 삶을 살았을지 모른다. 하지만 신도는 타고났다. 적어도 할아버지는 그렇게 믿고 있었다. 타고난 재능. 몸을 단련하고 힘을 휘두르기 위해 태어났다.

유도든 가라데든 권법이든, 도구나 무기를 쓰는 대결이든 실전에 도움이 되는 폭력의 기술이라면 할아버지는 뭐든 알고 있었고, 또 그것을 가르쳐 주었다. 유파 같은 것은 모른다. 예의범절도 없다. 금기도 없다. 눈앞의 상대를 쓰러뜨리기 위한 기술이었다. 무도가 아니라 싸움.

열네 살 때 다니던 중학교의 교사가 검도부에 들어오라고 권했다. 장학금을 받고 검도 명문 고교에 가는 것도 꿈만은 아니고, 신도라면 전국체전 우승도 노릴 수 있다고 했다.

하지만 할아버지에게 그 이야기를 하자, "무도에 들어서면 평생 다시는 싸움을 할 수 없어"라고 말했다. 무도가는 폭력을 휘두르지 않는다. 폭력은 자유로운 인간을 위한 것. 어디에서도 볼 수 없고 무엇에도 속하지 않는 할아버지나 나 같은 자를 위한 오락.

그대로 열여덟 살이 되었고 그동안 할아버지와 할머니를 여의었다. 이제 맞서서 싸울 상대는 곰 정도밖에 없게 되자 신도는 고향을 떠나 독립하기 위해, 그리고 새로운 폭력을 찾기 위해 도쿄로 올라왔다.

목욕을 마치고 창고 방으로 돌아오자 이내 졸음이 몰려왔다. 역시 생리가 임박한 듯하다. 평소처럼 나란히 늘어놓은 방석 위에 풀썩 엎드렸다.

그때 살짝 트림이 나왔다.

'앗.'

위화감이 들었다. 트림에서 약 냄새가 났다.

'젠장, 당했다.'

이건 생리 전의 졸음이 아니다. 약을 탄 것이다. 안 돼, 잠들지 마, 하고 자신을 타일렀지만 그대로 눈을 감고 기절하듯 잠에 떨어지고 말았다.

꿈을 꾸었다. 하얀 하늘과 파란 지면이 한없이 펼쳐져 있다. 어린아이의 울음소리가 들린다. 처음에는 서글프게 울더니 점차 분노가 담긴 고함소리로 변한다. 파란 지면을 커다란 새가 휘익 날아간다. 이곳은 어느 집 마당이다. 할아버지가 제일 큰 정원수에 신도를 거꾸로 매다는 꿈이다. 땅에 쌓인 눈과 창공이 거꾸로 보였다. 오랫동안 매달려 있으면 뇌로 피가 몰려서 죽고 만다. 죽기

싫으면 복근을 써서 상체를 일으켜 발을 묶은 밧줄을 스스로 풀어야 한다. 몇 번을 시도했지만 복근이 미처 견디지 못하여 도중에 다시 대롱대롱 매달리고 만다. 숨이 답답하다. 이대로 죽어 버리는 건가. 할아버지는 내가 죽어도 좋다고 생각하는 걸까. 이걸 못 해내면, 견뎌내지 못하면 죽는 수밖에 없는 건가. 숨이 답답하다. 숨이.

눈을 떴다. 밝다. 조명이 켜져 있다.

입안에 위화감이 느껴졌다. 뭔가 부드러운 천 같은 것이 틀어막혀 있다. 온몸이 나른하고 피부가 바닥에 들러붙은 느낌이다. 몸에 힘이 들어가지 않는다. 양손과 양 발목이 누군가의 손에 붙들려 있다. 그뿐만 아니라 몸통과 허벅지에서 사스마타 창의 차가운 감촉이 다시 느껴지고 있었다. 하반신이 춥다. 입을 틀어막고 있는 것이 자신의 속옷이라는 것을 깨달았다.

"어이, 얼른 박아. 확실히 촬영해."

숨죽인 목소리가 들린다. 숨결. 네 명…… 다섯 명…… 여섯 명. 여섯 명이다. 이런 좁은 방에 용케 몰려들었다. 자신의 것이 아닌 비릿한 땀 냄새가 코끝을 훅 스쳤다.

"이런 더러운 뒷구멍 앞에서는 고추가 서질 않아."

"거짓말, 너, 쫄았지."

"그럼 너부터 해 봐."

작은 소리로 더러운 대화가 오가고 있다.

"이봐, 관두는 게 좋지 않을까. 야나기 형님이 알면 가만두지 않을 텐데."

"야나기? 좆 까라 그래. 그 새끼, 이 암퇘지 때문에 내 개를 죽이려고 했어. —같잖은 주제에."

니시의 탁한 목소리가 들렸다. 니시가 주동자다.

진절머리가 나는 동시에 아뿔싸, 싶었다. 동료들이 보는 앞에서 오줌을 지리게 만든 앙심을 품고 뒤탈이 있을 줄 뻔히 알면서도 사고를 치려고 하는 것이다.

어떻게 반격하나. 평소라면 쉽게 밀어낼 수 있겠지만 아직 약 기운이 남아 있어서 몸이 무겁다. 관자놀이에 땀이 밴다. 초조해하지 마. 맥없이 당할 수는 없잖아. 이런 쓰레기 같은 놈들에게 신도 요리코가 질 수는 없지. 주먹을 쥐려고 했지만 힘이 들어가지 않는다. 젠장. 겨우 약물 때문에.

"뭐 하는 거예요!"

그때 날카로운 목소리와 함께 탕, 하는 커다란 소리가 났다. 누군가 맹장지를 열었다.

"뭐 하는 거냐구요!"

고함을 치는 듯한 새된 목소리. 쇼코다.

"아, 저어, 아가씨 이건."

엉덩이 위쪽에서 남자들이 혼란에 빠진다. 좁은 방에서 후닥닥 일어나 몇 명이 바지 지퍼를 올리는 소리도 들린다.

"당신들, 지금 뭘 하는지 알고 있어요?"

위험해, 여기 나타나면 안 돼, 하고 말하려고 했지만 입을 틀어막은 속옷을 밀어낼 수가 없다. 여섯 명. 쇼코 따위는 한순간도 버티지 못한다. 도망쳐. 어서.

"아녜요, 이 여자가, 우리를 꼬시는 바람에."

"그래요? 그럼 당장 그 사실을 아빠한테 보고하러 가시죠."

그러지 마, 도발하지 마. 도망쳐, 아가씨. 신도의 말은 목소리가 되지 못하여 전해지지 않는다. 고개도 들 수 없다.

"아뇨, 잠깐만요, 아가씨, 그냥 못 본 척해 주세요. 남녀 간의 일이니까—."

아부하듯 웃음이 묻어나는 목소리로 누군가 말했다. 다음 순간 쇼코의 목소리가 공기를 깨뜨리듯 울려 퍼졌다.

"나가!"

탕탕, 하고 맹장지를 때리는 소리가 났다. 개를 몰아내는 듯이.

"모두 이 방에서 나가요!"

남자들은 마치 그렇게 하면 모든 일이 장난으로 끝나게 된다는 듯 헤헤헤, 하고 신경질적으로 웃으며 우르르 도망쳐 나갔다.

"무슨 일이에요? 왜 그래요? 일어나요, 뭐 해요."

쇼코가 방으로 들어온다. 펫, 하고 간신히 속옷을 뱉어냈지만 몸을 움직이는 것은 아직 힘겨웠다.

"수면제…… 아니면 진통제를."

엎드린 채 시선만 간신히 들어 올려 보니 연분홍 네글리제 차림의 쇼코가 얼굴이 빨개져서 부들부들 떨고 있었다.

"너무해. 이게 무슨 짓이야."

털썩, 하고 신도 옆에 주저앉은 쇼코는 볼썽사납게 벗겨진 엉덩이를 방석으로 가려 주었다.

"덕분에…… 살았습니다. 감사……합니다."

"그만둬요. 뭐예요, 그 말투는. 왜 그렇게 이런 순간까지 사람을 놀리는 거예요."

"놀리는 거, 아녜요. 그게 아닙니다. ……아가씨에게 정말로, 경의를 느끼고 있어요……. 방금, 처음으로. 싫다면, 그만 하겠지만……."

신도는 쇼코의 떨리는 주먹에 어렵게 손을 뻗었다.

"무서웠죠, 아가씨도."

작은 주먹이 더 강하게 꼭 쥐어졌다.

"무섭긴요. 난 야쿠자의 딸이에요. 놈들은 아빠의 부하들이고. 이런 거, 조금도 두렵지 않아."

코웃음을 쳐 보인다. 두 사람 다 잠시 말이 없었다.

그자들이 다시 돌아올지 모른다고 생각했지만 본채는 계속 조용했다. 쇼코의 샴푸 냄새나 옷에 밴 비누 냄새가 비릿한 공기를 밀어내고 있었다. 달콤한 향기. 여자 용품은 향기롭다. 숨 막히는 느낌이 조금씩 풀어져 간다.

"어떻게…… 알았어요."

그렇게 말하자 쇼코는 문득 씩 웃었다.

"……이 집에서 살다 보면 발소리에 민감해져요. 그뿐이에요."

당장이라도 잠에 빠질 것 같은 머리로 신도는 쇼코를 쳐다보았다. 아가씨, 이제 겨우 열여덟 살 정도일 텐데, 어떻게 그렇게 슬프게 웃지?

　다음날 아침, 평소대로 쇼코의 조식을 가지러 별채로 가자 분위기가 딴판으로 달라져 있었다. 통풍이 좋아진 느낌이다. 아니, 인원이 줄었다. 네 명, 다섯 명, 여섯 명 ……니시를 포함한 부하들 모습이 보이지 않았다.

　이제 조금은 말이 통하게 되었다고 생각했던 스미다가 오늘 아침은 딱딱하게 굳은 얼굴로 말 한마디 없이 쟁반만 내밀었다. 다른 부하들도 마치 신도가 보이지 않는 것처럼 행동하고 있다. 나이키의 방에서 쇼코를 쳐다보지 않으려 애쓰던 부하들처럼.

　쇼코의 오늘 일정은 드물게 오후부터 시작되는 테이블 매너 강좌 하나뿐이다. 사실은 오전에 승마 레슨이 있었지만 비가 내려 취소되었다.

　즉 신도도 오후까지 한가로울 예정인데, 할 일이 없었다. 러닝을 할 만한 날씨도 아니고, 그 창고 방에서 낮잠을 자거나 복근 훈련을 하며 시간을 보내는 수밖에 없다.

　방으로 조식을 가져가자 쇼코는 평소대로 단정하게 몸단장을 마치고 앉아 있었다.

　"안녕하세요. 조식. 드실 거죠?"

　"……괜찮아요, 당신?"

쇼코의 눈가가 살짝 발개져 있는 것을 신도는 못 본 척했다.

"그런 일, 별거 아녜요."

"그런 말이 어딨어요!"

탕, 하고 좌탁을 치며 쇼코가 큰 소리로 말했다.

"그런, 세상에 그런 끔찍한 일은 없어요. 여자에게 제일…… 제일 끔찍한 일이잖아요."

얼굴이 파래져서 바르르 떨고 있다. 신도는 어색해져서 어깨를 슬쩍 움찔거렸다.

"결정적인 순간 구출되었으니까."

"나는 용서 못 해요. 도저히 용서 못 해요, 그런 일은."

"아가씨가 당한 것도 아니잖아요."

"나는."

쇼코는 작은 입을 산소결핍에 빠진 금붕어처럼 뻐끔거렸다. 음향을 죽인 텔레비전 화면을 보는 듯했다. 애절하게 눈썹을 찡그리고 두 주먹을 꼭 쥐고 뭔가 말하고 싶다고 온몸으로 말하고 있지만 정작 한마디도 못 하고 있다.

"나는―,"

그 모습을 보니 왠지 가슴이 술렁거렸다. 간밤에 위기에 빠진 것은 자신이고 구해 준 것은 쇼코인데, 마치 반대 처지에 빠진 기분이 들었다.

"됐어요. 됐습니다. 그 마음만으로도 기뻐요. 은혜를 입었고, 앞으로 나도 아가씨를 위해 제대로 일할 테니…… 모실 테니까."

다 식어 버린 토스트 조식을 다시 쇼코 앞으로 밀어 주고 신도는 도망치듯 방을 나왔다.

저렇게 작은 새 같은 여자애인데도 왠지 조금 무섭다는 생각을 하고 말았던 것이다.

자신도 밥을 먹으려고 별채로 돌아가는데 야나기의 검은 포드 차량이 부지로 들어오는 것이 복도에서 보였다.

"어이, 욕봤다며."

아무도 없는 주방에 서서 남은 밥에 날계란과 된장국을 부어 숟가락으로 떠먹고 있자 야나기가 빙글빙글 웃으며 들어왔다.

"무슨 얘기?"

"눙치긴. 귀신을 속여라. 강간당할 뻔했다며. 변태 놈들 같으니. 뒷문은 무사한가?"

그렇게 말하며 허리 쪽으로 손을 뻗어오는 것을 신도가 국자로 때렸다. 반격하겠지 생각했는데 야나기는 빙글빙글 웃으며 손을 피할 뿐이다.

"이래 봬도 진심으로 걱정했는데, 너무하는군. 약에 당했다고? 몸은 괜찮나?"

신도가 잠자코 우적우적 밥을 먹자 야나기가 신도의 얼굴을 빤히 들여다보았다.

"아하, 속눈썹도 빨가네. 그렇다면 역시 염색한 게 아니군, 그 머리. 어이, 어디 피랑 어디 피가 섞인 거지?"

씹기를 멈춘 신도가 눈에 힘을 주어 노려보았다.

"이봐, 그게 아니라니까. 그렇게 노려보지 마라. 나도 너랑 같은 꽈야. 뭐 너랑 달리 외모만 봐서는 모르겠지만."

올백 머리를 아니꼽게 쓸어 올리고 야나기는 품에서 명함 한 장을 꺼내 내밀었다.

요란한 조직 문장紋章 밑에 야나기 에이슈[柳永洙]라고 큼지막한 글자로 적혀 있다.

"야나기…… 에이슈."

"너희들은 그렇게 부르고 있지만 실은 달라. 궁금해?"

"별로."

"가르쳐 줄 수도 있어. 내 여자가 되겠다면."

눈썹을 찡그린 신도가 저도 모르게 "뭐?" 하고 큰 소리로 말했다.

"진담이야. 내 여자가 돼라, 요리코. 그러면 앞으로 어떤 놈도 손가락 하나 못 건드린다. 물론 입이 삐뚤어져도 너를 미녀라고 할 수는 없지만, 난 얼굴보다 어지간한 발차기 정도로는 나자빠지지 않는 단단한 여자가 좋거든. 아랫도리 궁합이 맞으면 조금 못생긴 것 정도는 신경 안 써. 너 같은 골치 아픈 아이를 길들이면 내 주가도 오를 테고. 말 그대로 말괄량이 길들이기지."

"나는 말이 아냐."

"무식하긴. 셰익스피어다. 그런 작품이 있어. 이래 봬도 인텔리다, 이 몸은."

"그럼 왜 야쿠자 같은 걸 하지?"

"알잖아. 아무리 공부를 잘해도 명문학교나 일류회사에 못 들어가. 핏줄이 따라다니거든. 어차피 촌코재일한국인의 멸칭라고 어딜 가나 퇴짜야. 너도 비슷한 처지잖아. 하지만 이 일은 주먹 있고 머리만 잘 돌아가면 좋은 평가를 받지. 불량배나 주먹깨나 쓰는 놈들이 먹고살 수 있는 길은 이 세계밖에 없어."

신도는 야나기를 비로소 정면으로 쳐다보았다. 머리카락은 검고 피부는 노랗고 눈은 짙은 갈색을 하고 있다. 다리가 긴 체형에 머리가 상인방에 닿겠다 싶을 정도로 키가 큰 것은 일본인답지 않다고 할 수 있을지 모르지만, 그것뿐이다. 정말 외모로는 알 수 없다.

할머니는 누런색 머리카락과 청회색 눈동자를 가지고 있었지만 신도는 불그스름한 머리카락과 연갈색 눈을 가지고 태어났다. 사진으로 보는 한 아버지는 할아버지를 닮아 까만 직모 머리에 동양인다운 얼굴이었는데, 그의 딸인 신도는 첫눈에 혼혈인 걸 알 수 있는 외모를 하고 있다. 어쩌면 자세한 내력을 모르는 어머니가 다른 나라 사람이었던 걸까.

"너도 남자는 필요하겠지. 나로 정하라고. 그래서 그 우람한 엉덩이로 아들을 한 열 명쯤 낳는 거야. 나와 너 사이에서 태어난 아이라면 이제 어떤 피가 얼마나 섞였는지 알 수 없는 모습이겠지. 그런 놈들을 일본에 잔뜩 낳아 주는 거야. 재미있지 않겠냐."

"똥이나 먹어라. 말똥 같은 자식."

"말과 말똥이라면 좋은 부부가 될 수 있겠지. 어차피 아가씨가 결혼하면 너도 잘릴 거다. 그때 무사히 풀려나고 싶다면 나를 꽉 붙들어 두는 게 좋을걸."

"……."

신도는 남은 밥을 다 삼키고 주발을 싱크대에 넣으며 야나기에게 등을 돌렸다.

쇼코가 결혼할 때까지 이 일을 하게 되는 건가, 라는 생각과, 쇼코가 결혼하면 일도 끝나는 건가, 하는 묘하게 마음에 걸리는 생각이 동시에 스쳤다.

무사히 그만둘 수만 있다면 지금 당장 그만두고 이전의 생활로 돌아가고 싶다. 그런 생각이 분명히 있는데도 뭔가 초조감 같은 것이 가슴에 낚싯바늘처럼 파고들었다. 복잡한 생각에는 익숙지 않다. 남들이 이야기하는 친구니 애인이니 하는 복잡한 이야기에도 공감한 적이 없다. 신도는 자신의 내심을 들여다본 적도 없고 시험해 본 적도 없었다. 그럴 필요를 느끼지 않았기 때문이다. 그러므로 지금의 이 초조감이 어디서 비롯되는 것인지 알 수 없었다.

"야나기 형님, 신도…… 씨, 회장님이 부르십니다."

흰 셔츠 한 명이 주방 입구에 조심스레 얼굴을 내밀며 말했다. 처음 오던 날 밤 이후 나이키에게 호출을 받은 적이 없었는데. 신도는 저도 모르게 야나기의 얼굴을 올려다보았다.

"신도 씨? 출세했네, 요리코."

언짢은 예감이 등줄기를 바작바작 태웠다.

나이키의 방에서는 오늘도 선향 냄새가 났다. 앉은뱅이책상 위
에는 리포비탄D한국의 '박카스D'와 유사한 에너지 드링크와 캔커피가 나란히
놓여 있다.

"갑자기 불러서 미안하군. 일은 어때? 잘 되고 있나?"

예, 하고 끄덕였다.

"아주 잘하고 있다더군. 쇼코도 네가 마음에 든 모양이야. 그런
데…… 어제, 작은 말썽이 있었다고. 몹쓸 짓을 당했다던데. 다친
덴 없나."

"없어. 요."

"그래? 다행이군. 뭐, 젊은 놈들이 여러 가지로 쌓인 게 있었나
보지. 너도 이렇게 보니까 제법 글래머에다 괜찮은 여자이고 말
이야."

잊어버리라는 건가, 하고 생각하며 신도는 불쾌한 심정으로 말
없이 다다미를 내려다보고 있었다.

"……하지만 말이야, 쇼코를 지키는 일을 하고 있는 너를 건드
린다는 것은 곧 쇼코를 위험에 빠뜨리는 것과 마찬가지거든. 더
구나 사태를 발견한 것이 다름 아닌 쇼코라고 하지 않나. 얘기를
듣고 정말이지 놀랐다. 놈들을 대신해서 내가 사과한다. 미안하
다, 요리코."

"아, 예……."

뜻밖의 말에 약간 당황하며 대답했다.

"너는 아직 시집도 안 간 여자잖아. 그런 욕을 봤는데 아 그래요 하고 물러설 수는 없겠지. 그러니 이 정도로 정리하고 다시 쇼코를 위해, 이 나이키를 위해 일해 주겠나?"

맹장지가 열리고 스미다가 들어왔다. 그의 손에는 붉은 옻칠함이 들려 있었다.

스미다의 얼굴은 멀리서도 알 수 있을 만큼 창백하고 비지땀을 뻘뻘 흘리고 있었다. 썩은 내 일보 직전의, 여전히 생생한 피비린내가 물씬 풍겨온다.

정좌한 신도 눈앞에 상자가 놓였다.

"자, 이건 전부 네 것이다. 삶아 먹든 구워 먹든 알아서 해."

신도는 마른침을 삼키고 뚜껑을 살짝 열었다. 넷, 다섯, 여섯…… 뿌리께에서 절단된 크고 작은 음경 여섯 개가 옻칠함에 가득 들어 있었다.

"—처치곤란이에요, 이런 거."

"오야붕이 주는 거라면 똥더미라도 감사합니다 하는 게 야쿠자다."

나는 야쿠자가 아니야, 라고 대꾸하려 했지만, 문득 맹장지 너머에서 희미한 기척을 느꼈다.

쇼코다.

등줄기가 오싹했다. 이것은 쇼코의 요구일까? 그런 일은 생각할 수 없다. 하지만 나이키에게 사실을 알리면 중대한 사태가 벌어지리라는 것은 알고 있었을 텐데.

"……감사합니다."

신도는 상자 뚜껑을 닫고 고개를 깊이 숙였다.

"그래. 이걸로 원한은 푼 거다. 그리고 야나기. 이렇게 결원이 생기고 말았으니 네 밑에 있는 젊은 애들 가운데 싹수가 있어 보이는 아이를 몇 명 이리로 보내."

"알겠습니다. 오늘 중으로 처리하겠습니다."

야나기도 금방 토할 것 같은 얼굴을 하고 있었다.

신도는 상자를 안고 잰걸음으로 방을 나섰다. 복도에는 이제 아무도 없었다.

"너…… 어떡할 거야, 그거."

뒤를 따라온 야나기가 창백한 얼굴로 상자를 가리켰다.

"그건 내가 묻고 싶군. 뭘 어쩌라는 거야."

"목소리가 커. 별채로 가자, 어서."

야나기에게 쫓기듯 신도는 별채로 돌아갔다. 잠시 생각한 뒤 주방에 가서 음식물쓰레기를 담는 양동이에 옻칠함을 버렸다.

"어허, 이 여자가! 이게 무슨 짓이야!"

마치 제 물건이 잘려서 폐기되는 것을 바라보는 듯한 표정이다. 이 부위에 대해서만 과잉으로 공감하는 남자들을 종종 보았는데, 신도에게는 여자보다 하나 더 많은 급소라는 것 말고는 아무 의미가 없었다.

"그자가 멋대로 잘라서 넘긴 거야. 내가 원한 게 아니야."

"직접 실행한 것은 오야붕이 아냐. 전에도 말했지, 그런 짓을 몹시 좋아하는 놈이 있다고. 그놈이 해치웠을 거야, 아마⋯⋯."

"아는 사람인가?"

"같은 사무실에 있었지. 우타가와라는 놈인데, 이케부쿠로에 도요지마흥업이란 간판을 걸고 있어. 처음에는 내가 오야붕에게 소개했는데, 두 사람이 완전히 의기투합해서 맹약의 술잔까지 나누고 말았지."

도요지마흥업이라는 회사라면 들어 본 기억이 있다. 꽃가게에서 일할 때 종종 주문을 받았다. 값비싼 호접란이나 꽃다발을 척척 주문해서 클럽이나 살롱이나 새로 개점한 술집이나 국회의원 사무소 같은 곳에 배달해 달라고 했다. 야쿠자답게 돈 씀씀이가 인색하고 종종 떼어먹기도 했지만, 싫다고 거절할 수도 없고, 종종 소개해 주는 다른 일들이 짭짤해서 거절할 수 없다고 주인은 말했다.

"보통 이런 빡센 일은 말단 부하가 하지만, 우타가와는 오야붕이 되고 나서도 잔인한 고문만은 직접 하고 싶어 했어. 진짜배기 변태지. 자기하고는 아무 상관없는 상대라도 학대를 할 수만 있으면 마다하질 않아."

"그럼 나도 무슨 실수를 저지르면 그자에게 절단 나는 건가?"

"재수 없는 소리. 먹잇감이 여자일 경우는 친부모도 알아볼 수 없는 얼굴로 만들지. 마취 없이 성형수술. 그놈은 완전히 맛이 갔어."

야나기가 꾸엑, 하고 토하는 시늉을 한다. 신도는 뚜껑을 닫은 양동이를 내려다보았다.

나이키가 혈안이 되어 찾는다는 예전 부하와 쇼코의 어머니. 두 사람도 만약 붙잡히면 그자의 노리개가 되는 걸까.

"너도 곧 우타가와를 만나게 될지 모르니까 얌전히 일하고 있어."

"왜 내가 그런 변태를 만나야 하지?"

"우타가와가…… 아가씨의, 약혼자니까."

톡, 하고 싱크대에 물방울이 떨어졌다.

4

사고 현장에 모여든 구경꾼들 사이에 숨어들어 간신히 도망친 요시코와 마사는 흠뻑 젖은 몸으로 집에 돌아왔다. 옷을 갈아입고 나니 두 사람 모두 녹초가 되어 서로 말도 섞지 않고 행려병자처럼 거실 다다미 위에 나란히 쓰러졌다.

여자아이의 울음소리와 그 아빠로 짐작되는 남자의 창백한 얼굴이 요시코의 뇌리에서 떠나지 않았다. 오랫동안—지금까지 한동안 잊고 지냈던 긴장과 피 냄새가 콧속에 되살아나는 듯했다.

마사와 함께하는 조용한 시간은 장판 한 장 밑에 지옥이 있다는 것을 늘 희미하게 의식하면서 누리는 평화였다. 요시코에게 그 차량의 폭발과 화염은 지옥의 불길이 발치로 뿜어낸 신호처럼 느껴졌다. 역시 별일 없이 정상적으로 늙어서 끝날 인생은 아닌 모양이다. 점술 같은 것은 믿지 않지만, 그런 별자리를 타고났는지 모른다. 요시코는 마사의 등에 가만히 이마를 댔다. 태평하게 색색 숨소리를 내며 자고 있다. 요시코는 쓴웃음을 짓고는 곧 그대로 잠이 들었다.

몇 시간 뒤, 누가 먼저랄 것도 없이 거의 동시에 눈을 떴다. 어둑해진 방 안에서 마사는 쉿, 하고 검지를 입술에 세웠다.

빗소리는 여전히 계속되고 있었다. 이 현영 주택은 4가구가 연결된 단층 연립 주택이 다섯 동 나란히 있고, 두 사람이 사는 곳은 3호동 끝, 산자락이 바로 옆까지 내려와 볕이 그다지 좋지 못한 집이었다. 그런 만큼 도로와 거리가 있어서 밤에는 조용하다. 조용함. 두 사람은 무엇보다 그것을 원했고, 조용함을 찾아 이 동네까지 왔다. 아울러 도망치기로 결심한 순간부터 그것은 평생 누릴 수 없는 것인지 모른다고 각오하고 있었다.

덧문을 모두 닫고 불도 켜지 않아 캄캄한 거실에서 요시코와 마사는 그저 마주 보고 앉아 있었다.

"미안해요."

마사가 불쑥 말했다.

"왜요? 사과할 일 아무것도 없잖아요."

"괜한 짓을 했어요. 아니, 애초에 내가 같이 외출하겠다고 하지 않았으면."

"이미 지난 일을 얘기해 봐야 아무 소용 없잖아요."

"하지만…… 모처럼, 이 동네에서는 조용히 살고 있었는데……."

빗소리 사이로 천둥소리가 멀리 들린다.

"이런 시골이고, 사망자도 나오지 않고 가해자도 따로 없는 교통사고잖아요. 보도되지 않을지도—,"

번쩍, 하고 부엌 창문으로 빛이 들어온다. 천둥소리는 이제 들리지 않는다. 번쩍, 번쩍, 하고 밖에서 자꾸 빛이 번쩍인다.

쿵쿵, 하고 인터폰 없는 현관문을 누군가 두드렸다.

"계세요, 실례합니다! 아무도 안 계세요? 저는 I현방송 기자인데요! 저어, 이 집에 사이토 씨 부부가 사시나요?"

차량 소리, 사람들 목소리, 플래시. 두 사람은 황급히 거실 맹장지를 닫고 텔레비전을 켰다. 채널을 바꿔 보니 뉴스가 나오고 있었다.

"—다음은, 오늘 시청자가 제보해 주신 충격적인 영상입니다. I현 H정에서 교통사고로 승용차가 폭발했는데, 아슬아슬한 구출극이 있었습니다. 영웅은 놀랍게도 그 마을 주민인 부부! 구조 순간을 보시겠습니다."

젊은 아나운서가 웃는 얼굴로 소개한 화면에는 여자애를 안고 피하는 마사와, 남자를 끌어당기는 요시코의 얼굴이 선명하게 나오고 있었다.

"저기, 실례합니다! 사이토 씨! 계세요? 텔레비전방송국에서 나왔습니다!"

집 뒤쪽에서도 발소리와 목소리가 들렸다.

"어떡해요."

앉은뱅이책상 위에서 얼빠진 듯 중얼거리는 요시코의 손을 마사가 꼭 쥐었다.

"어떡해요."

요시코는 마른침을 삼켰다. 지금까지 그랬듯 모든 걸 버리고 도망쳐서 자신들을 아는 사람이 아무도 없는 지방에서 다시 시작한다. 그런 생활을 계속하는 수밖에 없다는 것은 알고 있었다. 하지만— 평생을? 평생 이렇게 도망 다니며 두려움에 떨어야 하는 걸까.

"마사 씨."

요시코가 마사의 손을 맞잡았다.

"이제…… 지쳤어요, 도망치는 거."

미소를 지어 보였지만 이 어둠에서는 어차피 보이지 않을 것이다. 그래도 마사가 울상을 짓고 있음을 요시코는 알 수 있었다.

5
장

5

요즘 비가 잦다. 뉴스에서는 이대로 장마가 시작되려는지 일본 각지에 때 이른 호우가 시작되었다고 기상캐스터가 심각한 얼굴로 전하고 있다. 비가 오든 말든 신도의 일은 달라지지 않는다. 다만 전보다는 일하는 보람 같은 걸 조금 더 느끼고 있는 듯하다. 쇼코에게 조식을 갖다 주고 대학까지 바래다주고 강습에 데려다주고 함께 집으로 돌아온다. 가끔은 강습을 빼먹고 함께 커피를 마신다.

쇼코는 신도의 이야기를 듣고 싶어 했다. 태어나고 자란 홋카이도는 어떤 곳이었는지, 개 이야기, 할머니에게 들은 이야기들,

엄격하고 거칠고 한 번도 웃는 낯을 보여 준 적이 없는 할아버지 이야기. 거꾸로 매달려 보았던 하얀 하늘과 푸른 대지 이야기. 그 훈련은 혹독했다. 매년 생일을 맞으면 반드시 치러야 하는 의식 같은 것이었다. 성장해서 근력이 강해지면 쉽게 해낼 수 있을까 기대했지만 그만큼 키도 크므로 그 혹독함은 매년 마찬가지였다. 그래도 열네 살 때부터는 거꾸로 매달리기 무섭게 밧줄을 풀어낼 수 있게 되었다.

쇼코는 눈을 동그랗게 뜨고, 어린 여자애한테 그런 짓을 하다니, 하며 몸서리쳤다. 하지만 신도에게는 쇼코의 생활이 더 가혹해 보였다. 정해 준 옷만 입어야 하고, 살벌한 변태남과 결혼이 정해져 있으며, 무엇보다 그 기분 나쁜 부친이 곁에 있다.

신도는 쇼코의 이야기를 들어 보려고 했다. 하지만 쇼코는 많은 이야기를 하지 않았다. 모친에 대해서나 부친에 대해서, 그리고 약혼자에 대해서도 마치 홍보문건이라도 읽듯 막힘없이 술술 뻔한 말들만 했다.

그래도 둘이서 카페에서 이야기하다 보면 쇼코의 자못 양갓집 규수 같은 말투와 새초롬한 표정이 무방비하게 탁 풀어지는 순간이 점차 늘어났다. 서글픈 기색이 없는, 정말 재미있게 웃는 얼굴도 몇 번인가 보여 주었다.

사실은 평범한 아이구나, 라고 생각했다. 하지만 이런 환경에서 평범한 여자애로 지낸다는 것은 어쩌면 불행한 일이 아닐까. 좀 더 비뚤어지고 멍청한 여자애였다면 속 편하게 살아갈 수 있었을 텐데. 새침 떠는 말투와 태도도, 배우고 익힌 교양과 취미도, 송곳니가 없는 쇼코의 최후이자 유일한 갑옷인 셈이다. 신도는 자신이 그것을 벗겨내고 있음을 깨닫기 시작했다. 벗기면 안 되는 껍데기를 벗겨내듯이. 그래도 친구 사이처럼 시시한 잡담을 나누는 것을 그만둘 수 없었다.

생각해 보면 신도의 주위는 늘 남자뿐이었다. 말없이 서 있기만 해도 폭력의 냄새를 풍기는지 여자 친구조차 생기지 않았다. 송곳니 없는 연약한 이 여자애가 자신을 제일 무서워하지 않는다.

"아가씨는 결론적으로 어떤 강습이 제일 마음에 듭니까."

"승마? 말이 귀여우니까요. 다음은 활쏘기도 좋아요. 과녁에 집중할 때는 마음이 착 가라앉거든요. 딴생각하지 않아도 된다는 느낌이 들어요."

신도는 조금 놀랐다. 자신도 아무 생각 없이 대련하고 공격할 때면 그런 기분이 들기 때문이다.

"언월도薙刀 나기나타=언월도는 무가의 부녀자가 익히던 기예로, 지금도 아가씨의 취미로 여겨진다나 활이라면 배워도 좋다고 허락해 주었어요. 재미있어서 사실은 레슨을 더 늘리고 싶지만, 여자답지 않게 되면 안 된다고 해서. 당신은 할아버지 말고 어느 도장에서 무술을 배우지는 않았나요?"

"전혀. 그래서 경기규칙이나 예절 같은 걸 전혀 모릅니다."

"지금부터라도 배우면 될 텐데. 나랑 같이 해도 좋아요. 활쏘기도 그냥 쓰면 되는 게 아니에요. 훈련복으로 갈아입을 때부터, 도장에 들어설 때부터 마음가짐을 제대로 가져야 해요. 경쟁하는 상대에게도 예의를 갖춰야 하고."

"그렇게 답답한 걸 싫어해요."

"나는 마음에 들어요. 가뿐하고 상쾌한 마음이 되거든요. 역시 예절은 중요해요."

"싸움에는 예절이고 나발이고 없으니까요. 두드려 패고 쓰러뜨리는 게 전부죠."

"야만스럽네요."

"그러니까 아가씨 같은 사람을 상대로 이런 일을 하게 된 겁니다."

"그 아가씨란 말, 마음에 안 들어요."

크림을 듬뿍 얹은 핫 코코아 잔을 들며 쇼코가 말했다.

"그럼 아씨?"

"더 싫어요."

"쇼코 님."

"노우!"

"쇼코 씨."

"음…… 뭐, 괜찮을지도."

오늘은 요리교실을 빼먹고 조금 더 멀리 신주쿠까지 와 있었다. 신도가 백화점이든 영화관이든 어디나 같이 가 주겠다고 해도 쇼코는 역시 카페에 가고 싶어 했다.

"쇼핑과 강습이라면 결혼한 뒤에도 어느 정도는 허락해 주지 않을까요. 하지만 이런 카페에서 한가롭게 노는 건 아마 어려울 것 같거든요."

최근 오픈한 카페의 소파에 파묻히며 쇼코는 그렇게 말하고 창문 밖 신주쿠의 인파를 멍하니 내다보았다.

"나…… 기억하게 될 것 같아요."

"뭘요?"

"이거. 이 경치. 계속. 할머니가 되어도."

쇼코가 쳐다보는 곳에서는 기타케이스를 멘 장발의 남자들이나 와세다 주변의 허세 부리는 남학생들, 초저녁부터 토하고 있는 젊은 샐러리맨이나 길 위에 가득 흩어져서 왁자하게 떠드는 화려한 여자들이 쇼코와 신도 따위는 거들떠보지도 않고 스쳐 지나간다. 특별할 것도 없는 복작거리는 신주쿠 풍경이다. 이런 풍경을 청춘의 한 페이지라는 식의 거창한 말로 추억해도 좋은 걸까. 그래도 되는 걸까. 신도는 문득 의문이 들었지만 입 밖에 내지는 않았다.

"—이제 돌아갈 시간입니다. 차를 가져올 테니까 여기서 기다리세요."

계산을 마치고 주차장으로 차를 가지러 갔다.

저녁 식사 전까지는 반드시 저택으로 돌아가야 한다. 쇼코는 매일 저녁 아버지 나이키와 저녁을 함께해야 하니까. 그 식사 시간에는 아무도 식당에 들어갈 수 없으므로 부녀가 오붓하게 어떤 대화를 나누는지는 알 수 없다. 쇼코에게 물어보기도 왠지 꺼려진다. 그렇게 찬바람 쌩쌩 부는 듯한 잡놈인데도 쇼코는 진심으로 부친을 존경하는 듯하다. 적어도 겉으로 보기로는.

어떤 사람에게나 부모는 역시 특별한 존재일까. 부모 얼굴도 기억하지 못하는 신도에게는 그게 어떤 감정인지 상상해 보는 수밖에 없다.

쓸데없는 생각을 하며 시빅을 주차장에서 꺼내 카페 앞 도로에 세웠다.

그런데 창가에 앉아 있어야 할 쇼코가 보이지 않았다.

도어를 열고 뛰어나갔다.

"아가씨!"

큰 소리로 부르자 지나가던 사람 몇 명이 깜짝 놀라 돌아다보았다.

"쇼코 씨!"

신도, 하고 힘없이 대답하는 소리가 들리는 듯했다.

그쪽을 돌아보니 쇼코가 은행 앞 보도에서 울상을 짓고 낯선 남자에게 손목을 잡힌 모습이 눈에 들어왔다. 번들거리는 슈트를 입은 그 남자는 입에 담배를 문 채 빙글빙글 웃고 있다. 보통 키에 보통 체구이지만 지금까지 신도에게 시비를 걸던 자들과 마찬가지로 별로 대단치도 않은 폭력성을 온몸에서 풍기고 있었다.

"쇼코!"

뛰어갔다. 눈을 휘둥그레 뜬 남자에게 주먹을 꽉 쥐고 달려들어 안면 한복판에 주먹을 꽂았다. 코 연골이 부서지는 독특한 감촉이 손에 전해졌다.

쇼코가 비명을 지른다. 남자는 코피와 깨진 이를 허공에 흩뿌리며 몇 미터쯤 날아가 자빠졌다. 바로 옆에 서 있던 은색 벤츠에서 체격이 좋고 누가 봐도 야쿠자처럼 생긴 남자가 내려 이쪽으로 달려왔다. 젠장. 또 야쿠자야. 그렇게 생각하며 주먹을 고쳐 쥐었다.

"그만해…… 안 돼!"

쇼코가 갑자기 팔에 매달렸다. 그 얼굴이 지금까지 본 적이 없을 만큼 창백했다.

"아주 대단한 활약을 해 주셨어. 엉? 요리코."

선향 냄새 속에서 신도는 다다미 테두리를 지긋이 응시하고 있었다.

서재에는 네 구석에 흰 셔츠가 서 있고, 신도와 야나기, 나이키, 그리고 나이키 옆에는 쇼코가 조용히 앉아 있었다.

"죄송합니다!"

배에 힘을 주며 말하고 탁 소리가 나도록 다다미에 두 손을 짚으며 고개를 조아린 것은 옆에 정좌해 있던 야나기였다.

"제가 미리 제대로 설명해 두었어야 했는데…… 우타가와 형님께 뭐라고 사죄해야 할지……."

신도가 신주쿠 길거리에서 코뼈와 앞니를 박살 낸 남자는 쇼코

의 약혼자이며 나이키의 직속 부하이기도 한 도요지마흥업의 조
장 우타가와 쓰요시였다. 우연히 카페에 앉아 있는 쇼코를 발견
하고, 이런 데서 뭘 하느냐고 물어보려고 카페에서 데리고 나왔
던 것이라고 한다. 지금은 잘 아는 병원에 실려 가 코를 치료하고
있다.

"그래. 감독이 소홀했다. 이 잡년이 우다가와 군 애기도 들어
보지 않고 다짜고짜 뚜드려 팼다고 하더군. 닭대가리냐? 어떻게
책임질래. 저쪽은 지금 펄펄 뛰고 있어. 물론 위자료도 줘야겠지
만 손가락 한두 개 가지고는 해결이 안 돼, 야나기."

야나기의 관자놀이에서 다다미로 땀방울이 툭 떨어졌다. 우타
가와가 어떤 인물인지를 설명하며 신도에게 겁을 주었던 야나기
였던 만큼 앞으로 어떤 일이 벌어질지 잘 알고 있을 것이다. 그
모습을 보니 신도도 비로소 미안한 마음이 들었다. 야나기는 아
무 잘못이 없다. 잘못은 없지만 이제 곧 온갖 고문 끝에 죽게 될
것이다. 나 때문에.

"이건 누구 책임이냐, 야나기?"

고양이가 앞발로 쥐를 톡톡 희롱하듯 나이키는 일부러 늘어진
목소리로 말했다.

"그건— 그건, 제, 제가……."

다다미를 짚고 있는 야나기의 손이 희미하게 떨리고 있었다.

"제 책임입니다!"

야나기의 말을 자르듯이 소리쳤다.

"이 사람은 관계없어요. 내가 잘못했고, 내가 때렸어요."

야나기가 '그러지 마, 닥쳐'라고 윽박지르는 듯한 표정으로 신도를 올려다보았지만 신도는 도발하듯 정좌를 풀고 책상다리로 앉았다.

"연대책임이란 말 아냐? 너는 야나기가 데려왔어. 개든 고양이든 그 뒤처리는 데려온 놈 책임이다. 그러니 일단은 야나기부터 처분해야지. 그래, 어떡할 거냐, 야나기. 우타가와 조장에게 네가 직접 사죄할래, 아니면 인연이 오랜 내가 상대할까. 어느 쪽이 좋겠냐."

야나기는 말없이 비지땀만 흘리고 있다.

그때 복도를 거칠게 걸어오는 발소리가 들렸다. 흰 셔츠가 긴장해서 가로막는 목소리가 들렸다.

"잠깐 실례할까. 이거 내가 방해가 됐나?"

맹장지를 열고 한 남자가 나타났다. 얼굴을 새하얀 붕대로 둘둘 말고 약품과 짙은 향수 냄새를 동시에 풀풀 풍겼다. 유일하게 드러낸 두 눈은 합법인지 불법인지 모를 약물로 동공이 풀려 있고, 춤추는 듯 들썩거리는 몸짓으로 나이키의 서재를 의미 없이 돌아다녔다.

"오오, 자네 왔나! 괜찮은가, 벌써 퇴원을 하고."

나이키가 엉뚱할 만큼 큰 목소리로 말하며 벌떡 일어나 남자를 맞았다. 붕대 틈새로 보이는 눈이 신도를 쏘아보았다.

"아뇨, 간호사란 것들이 죄 못생긴 년들이라 도망쳐 왔습니다.

그리고 내 사랑스런 피앙세도 걱정이 돼서요."

이가 빠져 엉성해진 발음으로, 그래도 여전히 아니꼬운 말투로 우타가와는 슈트 주머니에 손을 찔러넣은 채 실내를 휘휘 둘러보았다.

"우타가와 군, 정말 미안하네. 이번 일은 내가 최대한 보상할 생각이네. 물론 이 두 명은 우타가와 군 좋을 대로 치분해. 봐줄 필요 없어. 장소도 연장도 준비해 주지."

우타가와는 그 말을 듣고 비로소 깨달았다는 듯이 야나기의 얼굴을 물끄러미 쳐다보았다.

"어이, 동생! 무슨 일이야, 이런 데서. 오래간만이군, 사업은 잘 되고 있나?"

"……염려해 주시는 덕분에."

"이거 딱딱하게 왜 이래. 우린 콩밥도 나눠 먹던 친구잖아. 오, 아니, 그런가? 내가 너를 죽이게 되다니."

힛, 힛, 하고 발작을 일으키는 듯 귀에 거슬리는 웃음소리를 낸다.

"그래도 너와 내가 어디 보통 사이냐. 빵에서 엄청 신세도 졌으니 너무 심하게 하고 싶진 않아. 약은 어때, 야나기. 잠든 듯이 가는 거야. 친절하지? 하지만 너 같은 주먹을 그런 식으로 보내는 건 오히려 실례가 되려나. 호랑이 우리 같은 데 들어가서 죽을 때까지 싸우는 건 어떨까. 물론 호랑이를 죽이면 너는 사는 거지. 이야, 오싹오싹한걸. 너, 잘 싸울 것 같은데. 강하잖아, 너!"

점점 흥분되는지 다시 힛, 힛, 하고 경련하듯 웃으며 다다미 위를 돌아다니던 우타가와가 안주머니에서 담배를 꺼내 불을 붙이고 맛난 듯이 깊이 빨아들인다.

"문제는…… 이쪽 아줌마야. 흐음, 체격이 죽이는데. 영양실조에 걸렸는지 닭 뼈다귀처럼 빼빼 마른 요즘 젊은 일본 계집들하고는 물건이 달라. 튼실하네. 어지간해서는 깨지지 않겠어. 너, 개 좋아하냐? 나는 아주 좋아해. 여러 마리 기르고 있는데, 그 개의 똥을 개 오줌으로 반죽한 물감으로 네 얼굴에 이름을 문신해 주지. 건방지게 튀어나온 코와 입술이 거슬리네. 깎아 버릴까. 잠들어 버리면 곤란하니까 눈꺼풀도 도려내고. 그리고, 나를 때린 손은 특히 정중하게 다뤄 주고 싶군. 손가락 끝에서부터 일 센티미터씩 잘라내 가는 건 어떨까. 아, 물론 지혈은 확실하게 해 줄게. 금방 죽어 버리면 재미없으니까. 괜찮아, 요즘은 의학이 발달해서 말이지. 몇 년쯤 살려둔 채 조금씩 잘라 가는 것도 가능하다고. 그리고……."

"그만 하세요!"

흐느껴 우는 듯이 외치는 소리가 들렸다. 쇼코다. 엉금엉금 기듯이 우타가와 발치까지 가서 다다미에 이마를 조아렸다.

"제발요! 부탁합니다, 우타가와 씨. 저, 뭐든지 할게요. 그러니 끔찍한 짓은 하지 말아요. 부탁합니다. 제발……."

우타가와는 가녀린 어깨를 떨며 눈물을 흘리는 쇼코에게 다가가 가볍게 허리를 숙이고 쇼코와 눈을 맞추었다.

"이야, 감동스러워라. 내 피앙세는 진짜 마음씨가 고운 아이였구나. 하지만 쇼코 씨. 날 위해 뭐든지 하겠다고? 그거야 너무나 당연한 일이잖아. 안 그래? 우리는 결혼할 사이니까. 그러니까, 유감이지만 당신이 할 수 있는 일은 아무것도 없어."

"제가, 정말, 뭐든지 할게요. 간병이든 시중이든 뭐든지 할 테니까……."

"어허, 곤란하군. 나이키 형님, 어떡하죠? 쇼코 씨가 이렇게까지 애원하면 제가 마음이 약해지지 않습니까."

우타가와가 그렇게 너스레를 떨자 나이키도 연극배우 같은 몸짓으로 턱을 긁적였다.

"쇼코, 그게 무슨 꼴이냐. 그만두지 못해! 미래의 낭군에게 못난 모습 보이지 마라. ……그래, 우타가와 군. 아예 당장 내일부터 이 아이를 자네 집에 가정부로 들이는 건 어때. 소소하나마 사죄의 표시네. 자네 쪽하고는 앞으로도 좋게 지내고 싶네. 나 대신이라고 하면 뭣하지만, 쇼코가 간병을 하게 해 주게. 이 아이도 그걸 바라고 있어."

"천만에요, 아무리 피앙세라도 결혼식도 올리지 않은 아가씨를 남자 집에 불러들일 수는 없습니다. 그렇지, 쇼코 씨? 두 사람은 결혼 첫날밤 처음으로 맺어지는 게 도리잖아."

우타가와는 끈끈한 미소를 지으며 쇼코의 어깨를 껴안듯이 쓸어 주었다. 그의 바지 사타구니는 감출 수도 없을 만큼 노골적으로 발기되어 있었다.

"괜찮아…… 살살 할 테니까. 내가 결심했거든. 당신과 첫날밤을 맞기 전 한 달간은 절대로 사정하지 않겠다고 말이야. 당신을 위해 애정을 저축해 두는 거지. 내 애정을 듬뿍 넣어 주고 싶으니까……."

우타가와는 멍하게 풀린 동공으로 당장이라도 잡아먹을 것처럼 눈앞에 있는 쇼코의 얼굴을 들여다보았다. 창백함을 지나 핏기를 잃은 채 하얘지고 있는 쇼코의 눈은 공포와 절망으로 흔들리고 있었다.

신도는 저도 모르게 살짝 몸을 일으켰다. 안 된다는 것은 알지만 다시 패 주고 싶어 견딜 수 없었다. 후려패고…… 숨통이 끊어지도록 때리고 또 때리는 거다. 야금야금 고문을 당하며 죽어 가느니 여기서 한바탕 원 없이 싸우다 깨끗하게 끝내 버릴까.

그때 닫혀 있던 맹장지가 드르륵 열리며 회장님, 이라는 흥분한 목소리가 들렸다.

"뭐야, 아무도 들이지 말라고 했잖아!"

나이키가 소리쳤다. 그런데 멈칫거리며 맹장지에서 얼굴을 들이민 것은 흰 셔츠가 아니라 탐정사무소의 대학생 같은 남자였다.

"뭐야, 너냐? 이런 시간에 무슨 일로."

안경을 쓴 탐정 사내는 심상치 않은 분위기에 얼굴이 잔뜩 굳었지만 엉금엉금 기듯이 나이키 곁으로 가서 뭐라고 소곤거렸다.

"뭐야!"

피부가 건강하지 못하게 늘어진 나이키의 얼굴이 한순간 빨갛게 상기되는가 싶더니 귀와鬼瓦 같았던 표정이 실성한 듯 웃는 상이 되었다.

"야나기!"

"아, 예!"

"너, 기막히게 운 좋은 놈이구나."

나이키는 눈이 사라질 정도로 흐뭇하게 웃으며 쇼코를 보았다.

"기뻐해라, 쇼코. 네 엄마를 찾았다."

쇼코와 야나기가 숨을 삼키는 소리가 들렸다.

"놀랍게도 그 갈아먹을 놈하고 여전히 같이 살고 있다고 한다."

저도 모르게 쇼코와 얼굴을 마주 보았다.

"그 연놈이 날 우습게 봤어. 일본에, 그것도 관동지방에 처박혀 있었어. 돈을 물 쓰듯이 해서 일본 방방곡곡을 뒤졌는데…… 끝까지 날 바보로 만드네. 갈아 마셔도 시원치 않을 것들."

나이키는 벌떡 일어나, 다다미에 조아리고 있는 야나기의 어깨를 찰싹 때렸다.

"야나기, 너, 마사를 엄청 존경하지 않았나? 칼 쓰는 법을 배웠다는 게 사실이냐?"

"아, 예…… 몇 번인가 잠깐씩 지도받은 정도입니다만……."

"붙어 볼 수 있겠냐, 마사랑? 아무리 미야모토 무사라는 소리를 들었다지만 이젠 놈도 중늙은이야. 하지만 너는 점점 실력이 오르고 있는 야쿠자다. 너라면 놈을 이길 수 있을 거다."

야나기가 몸을 떨며 고개를 들었다.

"오야붕, 그게 무슨."

"마사와 그년을 이리로 데려와라. 가능하면 산 채로. 쌓인 얘기가 산더미 같으니까. 사랑하는 마누라랑 재회하게 해 달란 말이다. 알겠냐?"

씽긋 웃는 나이키에게 야나기도 저도 모르게 덩달아 입술만으로 웃었다.

"한 가지…… 부탁을 드려도 되겠습니까."

"오, 뭐냐."

"이번 일에 신도도 데려가게 해 주십시오. 이 아이가 있으면 그 두 사람을 반드시 산 채로 잡아 올 수 있습니다. 이 아이가 필요합니다."

신도는 눈을 휘둥그레 뜨고 야나기를 쳐다보았다. 무슨 생각을 하는 거지?

나이키는 야나기와 신도의 얼굴을 번갈아 보다가 마침내 목소리를 낮춰 말했다.

"도망칠 생각은 하지도 마라, 야나기. 너나 저년이 튀어 버리면 네 부하들과 일가친척을 전부 산 채로 갈아서 도쿄 앞바다에 뿌려 버린다. 하지만 마사와 그년을 무사히 생포해 오면 네 목숨을 살려 주마. 알겠나."

6
장

6

마냥 틀어 놓는 텔레비전은 아침부터 현지 지방 방송국으로 채
널이 고정되어 있다. 화면에 현내 지도가 나오고 피난소와 경계
구역을 안내하는 자막이 L자형으로 흐르고 있었다. 아나운서가
어눌한 말투로 화면의 그림 자료를 설명하는 동안에도, 빗소리와
사이렌이 그 텔레비전 소리를 계속 토막 내는 중이다.

"어때요? 보여요?"

커튼 틈새로 밖을 내다보는 마사에게 요시코가 물었다.

"으음…… 역시 다들 돌아간 것 같아요."

산자락의 낮은 지대에 있는 이 현영 주택에는 오전부터 피난

권고가 떨어져 있었다. 이미 도랑을 넘친 물이 지면을 뒤덮어 건물 바닥이 잠기기 시작했다.

집 안은 깨끗이 정돈되어 있다. 애초에 살림도 적지만, 언제든 꼭 필요한 짐만 들고 떠날 수 있도록 해 두고 살기 때문이다. 요시코와 마사는 방에서도 운동화를 신고 운동복이나 스웨트처럼 움직이기 편한 복장을 즐겨 입는다. 방에는 배낭과 보스턴백이 세 개 놓여 있는데 비상시에는 다 버려도 좋은 것들이다. 귀중품은 벨트 백에 넣어 몸에 차고 있다. 마사는 기다란 원기둥형 도면통을 등에 메고 있었다.

"마사 씨."

"응?"

"이번에는 조금 더 따뜻한 곳에서 살까요? 여기도 좋은 동네였지만 겨울엔 춥잖아요."

요시코가 말하자 마사가 미소를 지었다.

"그건 이 상황이 탈 없이 끝난 뒤에 정합시다."

사이렌이 울린다. 아직 집에 남아 있는 주민은 즉시 중학교 체육관으로 대피하십시오, 라는 안내방송이 반복되고 있었다.

지난 이틀간 이곳의 지방 방송국뿐만 아니라 도쿄 본사에서도 기자들이 달려와 집을 빈틈없이 포위하는 바람에 두 사람은 한 발자국도 외출하지 못하고, 조명도 켜지 못하고, 화장실이나 욕실도 조명 없이 사용하고, 남은 쌀과 얼마 안 되는 절임으로 끼니를 때우며 기회를 기다렸다. 이 장대비는 고마운 비였다. 빛이 새

나가지 않도록 모포를 씌운 텔레비전에서는 두 사람이 활약하는 영상이 경쾌한 분위기로 자꾸 방영되고, 구조된 부녀의 인터뷰까지 나오는 바람에 '이 고장의 영웅 부부'에 대한 대중의 관심이 한껏 높아졌다. 일부 방송국은 두 사람 얼굴에 모자이크 처리를 해주었지만, 이미 첫 방송 때 얼굴이 다 공개된 상태였다.

"……우리를, 여전히 추적하고 있을까요? 둘 다 늙었고 외모도 많이 변해서 텔레비전에서 봐도 알아보지 못할지도 몰라요. 게다가 저쪽에서 이미 포기했을지도 모르고……."

회중전등이 잘 작동되는지 확인하며 요시코가 말했다.

"그 세계는 내가 잘 알아요. 어느 한쪽이 죽을 때까지 숨바꼭질이 계속되죠. 그럴 수밖에 없어요. 지옥 끝까지 따라옵니다. 체면이란 괴물 때문에."

마사가 조용히 말했다. 그 팽팽하게 긴장한 옆얼굴에서 예전의 모습을 느끼고 요시코는 복잡한 심경이 되었다.

"……그 부녀, 구조하길 잘했어요." 요시코가 말했다.

"그래요. 정말로. 구조하길 잘했지……." 마사가 고개를 끄덕인다.

비는 누그러지지 않고 계속 쏟아지고 있다. 바깥에 빛이 나타났다. 여러 개의 빛이 도로를 따라 다가왔다. 헤드라이트다. 낮에는 관청 차량이 피난 권고를 하며 여러 번 왕복한다. 하지만 그런 차량과는 달리 사이렌도 울리지 않고 스피커 소리도 없다.

"마사 씨……."

마사가 요시코의 손을 꽉 쥐었다.

"포기하지 않아."

포기하지 마, 가 아니었다. 마사는 분명히 그렇게 말했다. 요시코는 고개를 끄덕이고 마사의 손을 잡았다가 놓았다.

헤드라이트가 현영 주택 부지 앞에서 멈추었다. 주민들이 두고 간 자전거나 조립식 창고에 강한 조명이 비치다가 곧 꺼졌다. 주위는 이내 캄캄해졌다. 마사는 텔레비전을 껐다. 요시코는 회중전등을 꼭 움켜쥐었다.

몇 분의 시간이, 납과 같은 무게와 질량으로 실내에 충만한 것처럼 느껴졌다.

갑자기 쨍강, 하고 두 사람 뒤에서 유리창이 깨졌다. 비와 바람이 확 들이친다.

"마사 씨!"

요시코는 뒤를 돌아보며 회중전등을 켰다. 검은 옷을 입은 키 큰 남자가 창문으로 들어오는 모습이 강렬한 조명 속에 드러났다.

남자의 손에는 번쩍거리는 칼이 쥐어져 있었다.

"도망쳐! 밖으로!"

마사가 툇마루 문을 열고 뛰기 시작했다. 남자의 시선이 한순간 그쪽으로 향했다.

요시코는 회중전등—길이 30센티미터의 미제 두랄루민 맥라이트를 침입자의 눈에 똑바로 비추고 버튼을 눌러 플래시를 점멸시켰다. 상대방이 스트로보처럼 빠르게 깜빡거리는 LED 섬광을 저도 모르게 손으로 가리려고 하는 순간 1킬로그램 가까운 회중전등을 휘둘러 그 손을 때렸다.

둔탁한 비명소리가 터졌다. 두랄루민 회중전등 너머로 뼈가 부서지는 감촉이 느껴졌다. 남자가 몇 발자국 물러났지만 칼은 놓치지 않고 있다. 그때 엉성한 현관문을 부수며 또 한 명이 침입했다. 역시 검은 옷을 입었는데 칼을 든 남자보다 키가 작지만 탄탄한 체구를 갖고 있다. 무기를 들고 있는지는 알 수 없었다.

회중전등 스위치를 끄고 벽에 등을 댄 채로 두 침입자를 바라보던 요시코가 자세를 낮추며 회중전등을 거꾸로 쥐더니 턱 밑에 수평으로 들었다.

키 작은 쪽이 움직이자 즉시 그쪽으로 회중전등을 향하고 점멸시켰다. 강렬한 빛이 갑자기 날아들면 사람은 반드시 자기 눈을 보호하려고 한다. 요시코는 그 순간을 놓치지 않고 방금 전처럼 두랄루민 회중전등으로 공격했다.

"이 쉐키!"

칼을 든 남자가 소리치더니 오른손에 쥔 칼로 쿡쿡 찌르며 들어온다. 왼손은 방금 전의 공격에 부러져서 격한 저림과 통증으로 제대로 움직일 수 없을 것이다.

그 축 늘어진 왼팔 때문에 몸의 중심이 무너져 칼을 찌르는 기세가 무뎌졌다. 요시코는 투우사처럼 칼을 피하며 상대방의 오른손을 잡아 등지고 있던 합판 벽에 칼날을 박히게 하고, 동작이 멈춘 순간 오른쪽 팔꿈치를 회중전등으로 때렸다.

빡, 하는 둔한 소리가 나며 팔꿈치가 틀어지고 비명이 터졌다. 이제 상대방은 양손을 모두 쓰지 못한다. 즉시 회중전등을 휘둘러 얼굴을 때렸다. 남자 입에서 부서진 이가 튀어나왔다.

요시코는 상체가 꺾인 상대방의 관자놀이를 무릎으로 쳤다. 남자는 뒤로 날아가 앉은뱅이책상에 등부터 떨어져 그대로 다다미 위를 나뒹굴었다. 전부 한순간에 벌어진 일이었다.

알 수 없는 소리를 내지르며 또 한 명이 움직였다.

"아자!"

오른발로 묵직한 미들 킥을 날리며 들어온다. 하지만 초조한지 공격의 간격이 짧다. 맥라이트를 세로로 쥐고 킥을 막자 마침 상대방 머리가 리치가 닿는 곳에 와 있었다.

"쉿!"

오른손 주먹으로 관자놀이를 찍어내듯이 혹을 먹였다. 확실한 반응이 느껴지고 남자는 뇌진탕을 일으킨 듯 비틀거렸다. 그 머리에 연속으로 주먹을 날렸다.

"쉿!"

두 방. 세 방.

"쉿!"

네 방. 다섯 방. 나이 든 여자라고는 생각할 수 없는 강도와 속도로 묵직한 주먹이 잇달아 날아간다.

"쉿!"

보통은 있을 수 없는, 폭력을 휘두르는 능력을 타고난 몸. 그 천성은 여전히 사라지지 않았다.

남자는 마침내 눈이 뒤집힌 채 다다미에 벌렁 자빠졌다.

꽈당, 하는 소리가 집 밖에서 들렸다. 헤드라이트가 눈부시게 켜져서 물이 차오른 집합 주택의 넓은 주차장을 비추었다.

요시코는 회중전등을 들고 밖으로 나갔다.

거대한 검은 알파드도요타의 승합차에서 우산을 든 젊은 남자와 마른 가지처럼 수척한 노인이 내려왔다.

그 모습을 보고 요시코는—신도 요리코는 환하게 웃었다.

"오랜만이다!"

빗줄기에 지지 않겠다는 듯 큰 소리로 외치며 팔을 크게 휘둘렀다. 그리운 친구를 만난 것처럼.

"사십 년이군."

신도는 외쳤다.

"사십 년이야, 우타가와 씨. 지금도 내가 그렇게 밉나?"

신도가 말하자 우타가와도 만면의 웃음을 지었다. 잔가지 같은 손으로 작은 물통처럼 생긴 까만 기기를 쥐고 제 목에 갖다 댄다.

"저승으로 보내 줄게"

전자식 인공 성대에서 억양 없는 기계 음성이 흘러나왔다. 신도는 힘없이 웃었다.

"당신도 쪼그라진 노인이 됐고 나도 완전히 할머니가 다 됐어. 폭대'폭력단 대처법'의 약칭도 엄격해졌으니 요즘은 벌이도 시원치 않겠지. 이제 쇼와가 아냐. 70년대는 호랑이 담배 피던 옛날이라고. 당신이나 나나 이 세상에 자리가 없어. 코뼈 부순 건 사과할게. 이쯤에서 그만두자고."

"죽여 버린다"

"집요하네. 그러니까 다들 싫어하는 거야, 그 아이도."

우타가와의 눈썹이 쓱 치켜올라가고 살갗은 노여움으로 붉어졌다.

"여자는 어디 있나 내게 돌려 줘"

"쇼코 씨 말인가? 원래 당신 소유물도 아니잖아."

"너는 내 전용 조개를 훔쳤다 그것을 차지하려고 얼마나 돈을 썼는지 한번 담가 보지도 못하고 놓쳐 버렸다 그 아이와 그 영감을 차지할 수 있었는데 내 인생 돌려 줘 돌려 줘 어디냐 그 쌍년 토꼈다 그 아이 어디 있냐"

"그 꼴이 되고서도 생각하는 게 그것뿐이냐. 불쌍하다."

우타가와가 얼굴이 빨개지며 한 손을 쳐들었다. 차에서 남자 네다섯 명이 내렸다. 저마다 쇠지렛대나 갈고리 달린 쇠사슬, 금속배트를 들고 있다.

"어디 있냐 그 아이 살아 있냐 지금 어디 있냐"

남자들이 조심스레 신도에게 다가온다.

"궁금해? 그 사람이 지금 어떻게 사는지? 우리가 그 뒤에 어떻게 했는지?"

신도는 그렇게 말하고 쇠지렛대를 꼬나든 남자의 운동복 사타

구니에 회중전등 불빛을 비추었다. 다음 순간 부웅 하는 소리를
내며 어디선가 날아온 까만 화살이 그 자리에 꽂혔다.

7
장

7

신도는 창고 방에서 옷을 벗고 있었다.

야나기가 짐을 꾸려 놓고 준비해 두라고 했지만 사실 신도의 짐은 거의 없다. 처음부터 갖고 있던 것은 시계와 지갑과 안전화 정도다.

오늘 밤 중으로 군마 현의 다카사키로 가서 그곳에서 소바집을 하고 있다는 긴 칼 마사—시바사키 마사오와, 쇼코의 모친인 나이키 유키에를 생포해 오라는 명령을 받았다. 성공하면 야나기는 목숨을 건지고 신도도 한쪽 팔이 잘리는 선에서 용서를 받는다는 조건이었다. 명령을 무시하고 그냥 도망칠 염려가 있는 야나기와 신도에게 나이키가 그 임무를 맡긴 것은 시바사키 마사오가 뛰어난 협객이기 때문이다. 야나기도 말했었다. 긴 칼 마사는 '미야모토 무사시'라는 소리를 듣던 사람이라고. 나이키 수하 중에는 그 미야모토 무사시를 감당할 만한 자가 야나기 말고는 없었다. 권총을 쓰면 생포는 불가능해진다. 운이 좋다고 한 것은 그런 의미였다.

속옷과 양말만 남은 모습으로 방 한쪽에 있는 종이박스를 열었다. 헌 신문을 접어 띠처럼 만들어 배에 감고 그 위에 테이프를 칭칭 감았다. 양 정강이에도 신문을 감고 그곳에도 테이프를 감아 고정했다. 그 위에 옷을 입고 재킷 주머니마다 볼펜을 다섯 자루씩 넣어 두었다. 야나기에게 부탁해서 단도 한 자루도 가져갈까. 그밖에 또 도움이 될 만한 물건이……

자신도 의식하지 못하는 사이에 호흡이 차차 깊어지고 있었다. 도저히 숨길 수가 없다.

즐기고 있다. 살인극이 될지도 모르는 여행을.

주먹이 자연스레 꽉 쥐어진다. 맨손이다. 역시 맨손으로 하고 싶다. 그렇게 강한 상대라면 뼈와 살에 이 주먹을 꽂는 감촉을 온전히 느끼고 싶다. 상대방의 칼에 베이는 공포를 맨살로 느끼고 싶다.

아아, 나는 정상이 아니다…….

신도는 비로소 확실하게 느꼈다. 남들에게 여러 번 들었던 말이지만, 그렇지 않다고 생각하고 있었다. 하지만 사람들이 소꿉 장난하듯 살아가는 평화로운 세계에서 자신은 이방인이라는 것을 지금 분명히 자각했다. 왜냐하면 이런 말도 안 되는 상황에서도 폭력을 희구하고 있기 때문이다. 동굴에서 곤봉을 휘두르던 유인원보다 더 원시적인 충동이 현대에 태어난 몸에 깃들고 말았다. 정상적인 사람들이 꾸려나가는 세상에서는 자신은 차마 볼 수 없을 만큼 야만스럽고 위협적이고 위험하다. 그런 인간은 필시 싸우다 죽는 수밖에 없다.

시바사키와 유키에를 무사히 잡아 와도 어차피 약속은 휴지 조각이 되어 우타가와에게 죽을 운명이다. 그때가 되면 틀림없이 최후의 활극이 벌어질 것이다. 상대를 죽이고 나도 죽거나 자근자근 고문을 당하다 죽을 것이다. 폭력과 폭력이 맞부딪칠 것이다.

심호흡을 한다. 뛰는 가슴을 달랜다.

죽는 것은 두렵지 않다. 잔인한 고문으로 죽느니 맞서 찌르며 죽고 싶다.

'하지만.'

신도는 가슴을 손으로 눌렀다. 내가 죽으면 쇼코는 어떻게 되지? 저 변태의 아내로 무사히 살 수 있다는 보장은 있을까. 쇼코가 조금이라도 우타가와의 성미를 건드린다면. 우타가와와 나이키의 관계가 나쁜 쪽으로 흐른다면. 그렇게 되면. 그렇게 되면……

그때 희미한 소리가 들렸다.

빗소리에 지워질 것처럼 희미한, 그러나 분명한 소리.

발소리다. 이쪽을 향해 천천히 복도를 걸어오고 있다. 체중이 무거운, 남자의 발소리.

신도는 귀를 세웠다. 발소리가 쇼코의 방 앞에서 멈추었다. 맹장지 여는 소리가 들린다.

'이 집에서 살다 보면 발소리에 민감해져요. 그뿐이에요.'

문득 쇼코의 목소리가 살아났다. 목덜미에 소름이 좍 돋았다. 생각하기 전에 발이 움직였다. 방을 뛰어나가자 최악의 예감과, 그리고 지금까지 놓치고 있던 생각이 번개처럼 신도의 마음을 후려쳤다.

탕, 하고 쇼코 방의 맹장지를 열었다.

"뭐야……."

넓은 방에 깔린 담요 위에 가녀린 팔다리가 힘없이 널브러져 있었다. 풀어헤쳐진 긴 머리가 끈적한 석유처럼 다다미 위로 흘러넘치고 부릅뜬 눈은 신도의 모습도 의식하지 못한 듯 표정 없이 허공만 보고 있다. 드러난 가슴이 희미하게 들썩이는 것을 즉시 확인한 신도가 방 안으로 뛰어들었다.

망가진 인형처럼 널브러진 쇼코를 덮친 나이키는 얇은 네글리제를 쳐들어 올리고 썩은 음경 같은 더러운 손가락으로 속옷을 끌어내리려 하고 있었다.

"뭐냐, 요리코. 넌 안 불렀다. 나가! 짝을 원하면 내가 곧 찾아가마."

전혀 주눅 들지 않고, 파리라도 들어왔냐는 듯 귀찮아하는 얼굴이다.

"지금, 뭐 하는 거야. 당신은, 아빠잖아……."

목소리가 떨린다. 칼을 겨눈 자 앞에서도, 여러 명이 한꺼번에 달려들고 둔기로 얻어맞을 때도 이렇게 감정이 흔들린 적은 없다.

"내 딸이니까, 내가 먹을 권리가 있는 거잖아. 저 변태한테 보내기 전에 최대한 먹어두지 않으면 손해니까. 너 때문에 일이 이렇게 급해졌어— 씨팔, 됐으니까 너희들은 얼른 그 개 같은 년을 산 채로 잡아 와. 그년이 보는 앞에서 다시 한번 쇼코를."

나이키의 목소리가 문득 끊겼다. 그 목을, 기도를, 검은 볼펜이 옆으로 관통했다.

"악마 같은 놈……!"

무슨 일이 일어났는지 미처 이해하지 못한 듯 멍한 얼굴을 하고 있는 나이키를 신도가 발로 찼다. 다다미에 벌렁 자빠진 나이키는 그제야 물을 너무 많이 넣은 주전자가 펄펄 끓는 듯한 소리를 냈다.

"부구구부구구, 거걱."

누런 이 사이로 피가 흘러나왔다. 그 얼굴을 시커먼 노기로 물들이며 나이키가 목에 박힌 볼펜을 단번에 뽑아냈다.

"이년! 허억."

나이키가 그 거구로는 도저히 믿기지 않는 속도로 발딱 일어나 돌진했다. 피하려고 했지만 왼쪽 팔뚝을 붙들렸다. 온 힘을 다해 부숴 버리려는 듯이 굉장한 힘으로 움켜쥔다.

"놔! 더러운 자식!"

냉큼 오른손으로 볼펜 한 자루를 꺼내 쥐고 나이키의 왼팔에 꽂았다. 그 충격으로 다른 볼펜은 바닥에 떨어져 버렸다.

"악!"

펄떡, 하고 거구가 튀어 올랐지만 왼팔은 놓아주지 않는다. 근육이 분리되고 상완골이 우지직 소리를 내기 시작한다. 부러진다.

"젠장!"

중량 차이가 너무 나서 이 자세로는 상대를 집어 던질 수 없다. 고통에 낯을 찡그리며 고환을 걷어찼다. 둔한 비명과 함께 한순간 구속이 느슨해졌지만 나이키는 피범벅이 된 이로 신도의 엄지를 깨물었다.

타는 듯한 아픔에 비명을 지른다. 손가락이 찢긴다. 다시 한번 고환을 걷어차고 주먹으로 퉁퉁한 복부를 때렸지만 나이키는 힘을 늦추지 않았다. 뿌직, 하고 이가 피부를 파고드는 느낌이 왔다.

"놔!"

머리를 때리자 엄지의 살점이 찢겨진다. 신도는 다시 한번 복부에 주먹을 꽂았다. 그래도 놓아주지 않는다.

그때 흥분과 고통이 역치를 초과했는지 문득 통증이 느껴지지 않았다.

왼손 손가락 하나 정도야. 여기서 죽이지 못하면 내가 죽는다.

신도는 오른손 엄지를 나이키의 안구에 박았다. 상상했던 것보다 딱딱하게 느껴지는 안구가 손톱 위에서 두룩두룩 움직인다.

"그아악!"

비명이 터지고 나이키가 깨물고 있던 입을 풀었다. 왼쪽 눈에서 눈물처럼 피를 흘리며 공중제비를 돈다.

신도는 즉시 뒷걸음질 쳐서 거리를 벌렸다. 목을 조일까. 머리를 연타할까. 아픈 팔보다 다리가 쓸 만하겠다.

발차기를 하려고 할 때 나이키의 옆구리에 검은 막대가 생겼다.

움찔, 하며 나이키의 동작이 멎더니 그대로 다다미 위에 무너져 내린다.

배에 단단히 박혀 있는 것은 화살이었다.

돌아다보니 쇼코가 반라의 몸으로 활을 쥐고 있었다.

"아가씨……."

신화 속 인물처럼 드러낸 가슴에 긴 머리를 드리우고 가느다란 활을 꽉 쥐고 나이키를, 자기 부친을 쳐다보며 조용한 얼굴을 하고 있다. 그저 과녁을 바라보는 것처럼.

"쇼코!"

신도가 외치자 쇼코는 흠칫 제정신을 차린 듯 활을 놓아 버렸다.

"아…… 앗, 아버지……."

쇼코는 놀란 얼굴로, 방에 쓰러져 헉헉 거친 숨을 몰아쉬는 피투성이 나이키와 신도를 번갈아 쳐다보았다. 꿈꾸는 듯한 멍한 얼굴은 자기 눈앞에 펼쳐진 장면을 믿지 못하는 듯했다.

생각하고 있을 틈이 없다. 신도는 쇼코의 손을 잡았다.

"가요!"

뛰기 시작했다. 방을 나서자 소란한 소리를 들었는지 스미다가 달려오는 참이었다.

"신도! 너, 뭐 하는 거야!"

미안, 하고 생각하며 신도는 박차 올라 팔꿈치로 스미다의 정수리를 찍었다. 스미다가 눈이 뒤집혀 기절하며 그 자리에 무너졌다. 빗소리 때문에 목소리가 들리지 않는지 다른 흰 셔츠들은 아직 오지 않고 있다.

아니, 그게 아니다. 신도는 쇼코를 보았다. 나이키는 자기 딸을 범하려고 흰 셔츠들에게 본채에 들어오지 말라고 지시해 두었던 것이다.

"어디로 가요?"

쇼코가 작은 소리로 말했다.

"일단 따라와요."

뜰을 가로질러 차고 뒷문으로 가면 차를 이용할 수 있다. 신도는 쇼코의 맨발을 보고 그 가녀린 몸을 어깨에 들쳐 멨다.

"잠깐 참아요."

양말만 신은 발로 정원에 깐 자갈 위를 소리 없이 걸어서 차고 뒷문에 다다랐다. 운전에 익숙한 것은 늘 이용하는 시빅이지만, 엔진 출력을 생각하면 다른 외제차나 스포츠카를 타는 게 좋을지 모른다. 대체 어디로, 어디까지 도망가면 될까. 어디로. 어디로.

"요리코? 뭐 해. 너……."

차고에 들어서니 비에 젖은 검은 포드 선더버드와 놀란 얼굴을 한 야나기가 있었다.

"너……. 설마."

어깨에 맨 쇼코와 피투성이가 된 신도의 손을 쳐다본다.

"야나기……."

침을 꿀꺽 삼키고 신도는 쇼코를 바닥에 내려놓았다. 설명을 하려고 한순간 머리를 열심히 굴렸지만 결국 아무런 말도 떠오르지 않는다.

하는 수 없이 몸을 낮추며 자세를 잡았다.

결국 힘으로 돌파하는 수밖에 없다.

"어이, 너, 진심이냐."

"당신과 장난으로 싸울 수는 없지."

양손을 다 쓸 수 있더라도 야나기하고는 무승부로 가져가기도 힘들다. 여기서 끝날지 모른다. 하지만 죽기로 싸울 수는 있다.

야나기가 안색을 바꾸었다. 상의를 벗어 던지고 다리를 벌리며 자세를 잡았다.

"개새끼…… 역시 내가 말도 안 되는 또라이를 데려왔구나_{개새}
_{끼는 원문에 한글로 표시됨}."

거리를 좁히면 진다. 리치도 상대가 훨씬 길다. 단 한 방으로
공격을 막지 못하면 내가 당한다. 상대보다 우월한 것은 몸무게
뿐이다. 거리가 충분하면 날아차기가 먹힐지도 모르지만 차고 안
이라 도움닫기가 힘들다.

야나기가 먼저 접근했다. 역시 유도로 나오는구나 생각했지만,
다음 순간 번개 같은 발차기가 날아든다.

"가라데도 했나."

"이건 태권도란 거다. 기억해 둬라."

경쾌하게 스텝을 밟으며 웃는 야나기는 다시 한번 발차기를 시
도했다. 오른팔로 막는다. 그 순간 발목을 잡으려고 했지만 야나
기는 재빨리 발을 거두며 그대로 반대쪽 발로 로킥을 날려 정강
이를 때렸다.

"왜 그래, 제대로 차 봐."

야나기는 낯을 찡그리며 즉시 자세를 바꾸더니 목깃을 잡으려
고 뛰어들었다. 몸이 공중으로 붕 뜬다. 내던져진다, 하고 느낀
순간 신도는 바닥을 박차고 뛰어올라 허벅지로 야나기의 허리 위
를 조였다. 무게중심이 갑자기 위쪽에 걸리자 야나기가 비틀거렸
다. 즉각 야나기의 이마에 박치기를 했다.

"억!"

비틀거리며 쓰러지려고 하자 야나기는 신도의 목깃을 놓았다. 신도는 물러나며 야나기의 관자놀이를 발로 찼다. 발에 채인 야나기는 포드 본넷 위로 기대었다가 바로 일어나 허리에 찬 단도를 칼집째 뽑았다.

"나한테 이걸 뽑아 들게 만드는 여자는 네가 처음이다."

"그래서 뭐. 안 쫄아."

왼쪽 주머니에 딱 하나 남아 있던 볼펜을 꺼내 오른손에 옮겨 쥐고 턱 밑에 꼬나들었다.

야나기가 비수를 크게 휘두른다.

"쉭!"

자세를 낮추고 어차피 쓰지 못하는 왼손으로 머리 위를 방어한다. 상완이 잘리더라도 오른손으로 반격할 수 있다. 혼신의 힘으로 볼펜을 내질렀다.

쿡, 하는 감각이 손에 전해지고, 가는 볼펜이 부드러운 것에 박히는 감촉이 왔다. 동시에 왼팔에 무거운 충격이 왔다. 통증.

하지만, 이건 다르다. 베이는 아픔도 찔리는 아픔도 아니다.

신도는 즉시 물러섰다. 야나기의 볼에 볼펜이 깊숙이 박혀 있다. 그의 손에 쥐어진 단도는 칼집에서 뽑히지 않은 채였다.

"으으…… 욱, 씨팔, 제법인데."

입을 쩍 벌려 구강 안에 들어와 있는 볼펜을 보여 준다.

"야나기, 너, 왜."

"시끄러…… 당장 가 버려. 배은망덕한 년…… 씨팔, 말하기도 힘드네."

야윈 볼에 볼펜을 덜렁덜렁 매단 채 야나기는 신도에게 단도를 가볍게 던졌다.

"혹시 붙잡히면 즉시 이걸로 목을 따서 자살해. 우타가와의 장난감이 된 너를 보고 싶지 않아."

"……어쩔 셈인데."

신도와 쇼코를 놓아준 것이 발각되면 야나기도 결코 무사하지 못할 것이다. 당연히 그걸 알고 있을 것이다.

"나도 이젠 신물이 나. 저 오야붕도 도쿄도, 이 직업도. 나는 가족과 함께 시모노세키로 튄다. 얼마 전에 고향으로 가는 배편이 생겼다는 얘기를 들었다. 새 출발 해야지."

푹, 하고 야나기가 볼에서 볼펜을 뽑아냈다.

"……같이 갈래? 마누라와 여동생이라고 속여서 데려갈 수 있어."

신도는 잠깐 생각하고 고개를 저었다.

"누군가의 무엇으로 사는 건 무리야."

"바보. 여자 둘이서 도망치는 건 더 무리야. 금방 잡혀서 난도질당할 거다. 너는 몰라도 아가씨는 못 버텨."

야나기가 손가락으로 가리키며 말하자 쇼코는 얇은 네글리제에서 빗방울을 뚝뚝 흘리며 야나기를 빤히 쳐다보았다.

"나, 엄마를 닮았나요?"

불쑥 튀어나온 질문에 야나기는 움찔 놀랐다.

"나, 엄마를 닮은 건가요?"

쇼코는 물속에 아른거리며 자라는 수초처럼 휘청거리며 야나기와 신도의 얼굴을 번갈아 쳐다보았다.

야나기는 곤혹스럽게 웃었다.

"······아니, 안 닮았어요. 전혀 닮지 않았어요, 아가씨."

그 말을 듣자 쇼코는 아이처럼 쌩긋 웃었다.

시빅을 타고 무서운 속도로 저택을 빠져나오자 쇼코는 조수석 창유리를 다 내렸다. 마르기 시작한 머리카락이 격하게 파도치며 휘날렸다.

"우리, 지옥으로 떨어지는 거군요."

신도는 액셀러레이터를 밟으며 바람 소리에 지지 않으려고 목청을 높였다.

"바보, 여기가 이미 지옥이야!"

쇼코는 손을 뻗어 신도의 허리춤에 꽂힌 야나기의, 야나기 에이슈의 단도를 뽑았다.

"예쁘네, 지옥."

그렇게 말하고 제 머리카락을 하나로 모아 쥐고 단숨에 싹둑 잘라냈다.

길고 검은 머리카락이 차창 밖으로 버려진다. 함께 잘린 금과 진주가 박힌 목걸이가 아스팔트에 떨어져 부서졌다.

8
장

8

저택을 출발한 시빅은 한 시간 조금 못 되는 동안을 계속 달려 번화가 뒷골목의 어둑한 길에 멈추었다. 신도는 조수석에서 조는 것처럼 넋을 놓고 있는 쇼코를 힐끔 쳐다보고 차를 내렸다.

트렁크를 열고 뒤져 보니 비옷이 하나 있었다. 나머지는 타이어 교환용 공구 등이라 쓸 만한 물건들은 보이지 않았다.

"내려요. 일단 이걸 입고."

조수석 도어를 열고 네글리제 하나뿐인 쇼코에게 비옷을 입혔다. 고무로 코팅된 남성용 비옷은 땅에 끌릴 것처럼 커서 쇼코는 까만 데루테루보즈맑은 날씨를 기원하며 처마에 매다는 일본의 전통 종이 인형처럼 되고 말았다.

"이거, 심하네."

"참아요. 갑시다."

"차는요?"

"놔두고."

신도는 쇼코에게 손짓을 하고 골목 안으로 들어갔다. 차량에는
키가 그대로 꽂혀 있다. 이제 이 근처 악동이 훔쳐 타고 돌아다니
며 나이키회의 수색대를 적당히 교란시켜 주리라. 하지만 그것도
그리 오래가지는 않겠지.

"아파."

작은 소리에 뒤를 돌아보니 쇼코가 멈춰 서서 한쪽 발을 들고
있었다. 하얀 맨발에 살짝 피가 배어 있다.

"타요."

신도는 팔을 등 뒤로 돌리며 자세를 낮추었다.

"타라뇨."

"업히라고요. 어서."

어서! 하고 날카롭게 말하자 그리 묵직하지도 않은 무게가 주
저주저 등에 얹혀졌다. 신도의 맨발에도 작은 돌멩이들이 파고든
다.

"왜 나를 데려왔어요?"

"그 얘기는 나중에 합시다. 신발과 옷을 구하고 빨리 이동해야
해요."

"어디로 가요?"

"나도 몰라요. 정하지 못했어요. 아가씨는 어디로 가고 싶어요?"

매달리는 쇼코의 팔에 힘이 꾹 들어간다.

"……모르겠어요."

비옷에 빗방울 튀는 소리가 난다.

신도는 잠자코 계속 걸었다. 사람이 거의 없는 길을 골라 걷다가 어느 아파트 베란다에 있던 샌들 한 켤레, 다른 아파트 처마에 걸려 있던 남성용 티셔츠와 운동복 바지를 훔쳤다. 모두 쇼코에게 입히고 비옷은 신도가 입었다. 그래도 여전히 기묘한 차림이었지만 네글리제와 헐렁한 슈트보다는 낫다고 생각했다.

"나라나 교토."

쇼코가 불쑥 말했다.

"나라와 교토에 가고 싶어요."

"수학여행 갔던 곳?"

"가 본 적 없어요, 수학여행이란 거. 그렇게 먼 곳에 보디가드도 없이 가는 것은 위험하다고 해서. 지금까지 한 번도. 도쿄를 벗어나 본 적이 없어요."

신도는 얼굴에 흐르는 빗물을 훔쳤다. 지하철역 표시판이 보인다. 지갑에 남은 돈이 얼마나 되는지 기억해 내려 했다. 모자라면 훔치든 빼앗든 해야 한다. 뭐든지 하마. 도망쳐야 한다. 이 아이를 살려야 한다.

"그럼, 갑시다. 전차 타고 교토에 가서 야쓰하시교토를 대표하는 화과자 먹고 대불도 보고. 그리고. 그다음엔 뭘 하고 싶어요?"

"옷을 갖고 싶어요."

"좋아요. 무슨 옷?"

"청바지. 스니커도."

인파가 하수도처럼 지하철 계단으로 빨려 들어간다. 신도는 쇼코의 손을 잡았다. 도망 생활의 첫날이 시작된 것이다.

6시가 되자 귀에 거슬리는 벨소리가 온 공장에 울려 퍼졌다. 신도도 주위 공원들도 일손을 멈추고, 후우, 혹은 아이고, 하며 밖으로 나간다. 마스크와 모자를 벗자 시원한 바람이 땀투성이 얼굴을 쓰다듬으며 지나갔다. 좁고 후텁지근한 실내에서 하루 종일 에이프런을 재봉질 하던 손에서는 여전히 얼얼한 미싱 진동이 느껴진다.

"마코 짱, 오늘은 마코 짱도 '암바'에 갈래? 시원한 맥주가 기다리고 있어."

'야코 짱'이란 별명으로 불리는 파마머리 중년 여성이 신도의 등을 탁 쳤다.

"미안해요, 오늘은 좀……."

"뭐야, 그 쑥스러운 표정은. 남자?"

"아뇨, 동생이랑 약속이 있어요."

"동생이라지만 피도 안 이어진 남자애 아냐? 그럼 다음엔 같이 어울리자고."

"예, 수고하셨어요."

방실방실 웃는 낯으로 인사하며 '야코 짱'을 보냈다.

지나미 마코는 지난 2년 가까이 사용해 온 신도의 이름이다. 쇼코는 '마코토'라는 가명을 쓴다. 서로 헷갈리는 이름이지만, 누가 불렀을 때 얼른 반응하지 못하더라도 서로를 핑계로 대기 위해 비슷한 가명을 정해서 쓰는 것이다. 옷을 다 갈아입자 먼지 낀 안경을 닦고 까맣게 염색한 머리를 포니테일로 고쳐 묶고 립스틱을 칠하고 밖으로 나섰다.

히가시오사카의 작은 공장에서 일한 지 1년 남짓 된다. 일하는 동안은 서로 얼굴을 보지 않아도 되고 묵묵히 작업하면 잔소리들을 일도 없는 공장 일은 도망자에게 딱 맞았다. 어딘가에는 일손이 부족한 공장이 있게 마련이고, 신원이 확실하지 않아도 얼렁뚱땅 취업하기가 쉽다. 서툴게 간사이 사투리를 쓰다가는 타향 사람이란 게 들통나기 쉬우므로 대놓고 홋카이도 사투리를 구사한다. 그러면 '시골에서 돈 벌러 나온 어수룩한 처녀'라는 인상을 풍기고, 조금 놀림을 당하기도 하지만 의심을 사는 일은 없다.

만나기로 한 카페에 쇼코는 먼저 와 있었다. 까까머리에 가까운 짧은 머리에 촌스러운 커다란 안경, 굵은 무늬 폴로셔츠에 청바지를 입었다. 목울대를 주의 깊게 살펴보지 않으면 몸집 작은 청년처럼 보인다.

"누나."

신도를 보자 손짓을 한다. 평소 외식은 거의 하지 않는다. 하지만 오늘은 쇼코의 생일이다.

"미안, 늦었네."

"뭘요, 나도 방금 도착했는데."

젊어서 그런지 귀가 좋아서 그런지 쇼코는 어느 지방에 가도 사투리를 금방 익혀서, 석 달만 지나면 현지인도 구분하기 힘들 정도로 구사한다. 오랜 강습 덕분인지 무엇을 시켜도 솜씨 있게 해내고, 꾀죄죄한 2평짜리 단칸방 생활이나 노숙에도 의외로 불평 한마디 없었다.

그날 밤 머리를 자른 뒤 쇼코는 계속 여성스러운 차림을 거부하고 있다. 그래서 더 눈에 띨지 모른다고 걱정했지만, 지금 일하는 호텔 식당의 설거지 일도 누구에게 싫은 소리 듣지 않고 무난하게 하고 있는 듯하다.

남자가 되고 싶은 거냐고 물어본 적도 있는데, 쇼코는 한참을 생각하다가 "모르겠어요"라고 전보다 낮아진 목소리로 말했다.

"모르겠지만, 이제 치마나 네글리제는 입고 싶지 않아요. 그런 옷은 왠지 싫어요."

그때 쇼코는 그렇게 말하고 새침한 얼굴로 뜨거운 블랙커피를 마셨다. 도망 생활 5년차가 되는 해도 막 끝나려 하고 있었다.

요즘은 카페도 많이 달라졌다. 고풍스러운 찻집 분위기의 간판을 걸었던 가게들이 잇달아 개조하여 카페 바¹⁹⁸⁰년대에 시작된 카페와 바의 혼합 형태니 풀 바당구를 즐길 수 있는 술집니 하는 알파벳 간판을 걸고 있다.

신도가 앉아 있는 곳도 그렇게 막 개조한, 거울을 유난히 많이 설치한 어수선한 카페였다.

일을 마치고 돌아가는 수수한 옷차림이 도리어 주위와 달라서 눈에 잘 띈다. 최근 한동안은 주고쿠 지방을 전전했는데, 나이키회의 눈길이 닿지 않는 곳을 찾아다니는 것이다.

지금 신도는 하가 가오리라는 가명으로 낮에는 사무직 파트타임으로 일하고 저녁에는 빌딩 청소원으로 일한다.

쇼코는 가오루라는 가명을 쓰고, 저녁에 이 카페의 카운터에서 칵테일을 만든다. 외국인 관광객이 많은 지역인데, 영어 회화 실력을 인정받아 일하기 시작했다. 흰 셔츠와 까만 조끼와 나비넥타이 차림이 꽤 멋진 바텐더 모습이다. 키높이 구두를 신고 있다는 것은 신도만 알고 있다.

함께 생활하면서 신도에게 배웠는지 다른 이유가 있는지 몰라도 쇼코는 밥을 잘 먹게 되어 키도 조금 자라고 살도 적당히 올랐다. 반면에 싸움을 잊다시피 한 신도는 살이 찌지 않도록 식사량을 줄여야 했다.

쇼코의 일이 끝나기를 기다렸다가 함께 아파트로 돌아간다. 터틀넥 셔츠에 재킷을 입은 쇼코와 잠시 거리의 조명 속으로 스며든다.

정령지정도시政令指定都市 인구 70만 명 이상이며 광범한 자치권을 행사하는 도시로,

한국의 광역시와 비슷하다로 막 지정된 이 도시의 번화가는 요즘 한창 흥청대고 있다. 사람이 워낙 많아서, 키가 키고 수수하게 생긴 여자와 핸섬한 젊은 남자 커플도 호기심 어린 눈길을 받지 않고 돌아다닐 수 있다.

"그래서, 일은 잘 됐어요?"

쇼코가 언젠가부터 시작한 담배에 불을 붙이며 말했다.

"싱거울 정도로. 모아 놓은 돈은 다 날아갔지만."

신도는 들고 있는 가방을 가볍게 쳐들어 보였다. 가방 안에는 서류 몇 장이 들어 있다. 앞으로 두 사람이 내용을 완전히 암기하고 파기해야 한다.

이 서류만 있으면 생활하기가 조금은 수월해진다. 셋집을 얻거나 직장을 얻을 때 더 편해질 것이다. 두 사람이 따로 도망쳐도 괜찮을지 모른다. 하지만 말은 그렇게 해도 쇼코는 자기에게서 떠나지 않을 것이고 자신도 그렇게 하지 않으리라는 것은 이미 알고 있었다.

지금까지 자매나 오누이, 때로는 젊은 부부를 가장하며 각지를 전전해 왔다. 사람이란 둘이 같이 있는 상태에 뭔가 이름을 붙이지 않으면 불안해지는 듯하다. 때문에 그들의 눈을 속이기 위해 이름을 바꾸어 왔다. 하지만 신도는 자신과 쇼코가 무엇인지 한 번도 결정한 적이 없고, 결정할 수 없었다. 이제는 고용인과 고용주의 관계도 아니다. 물론 혈연도 아니다. 가족도 아니다. 연인도 아니다. 친구라는 말에도 흔쾌히 끄덕이기 힘들다. 진짜 이름을 여러 가명 밑에 묻어 놓고 있는 것과 같아서, 신도와 쇼코의 관계는 아무에게도 알려지지 않았고 아무도 모르는 것이 되어 있었다. 본인들조차 여기에 이름은 붙이지 못한다.

"역시 여자만 두 명 만드는 건 힘들대요. 그래서 한쪽은 남자 것밖에 구할 수 없었대요."

"상관없어요. 처음부터 그대로 괜찮다고 했잖아요. 그럼, 이름은?"

"한쪽은 마쓰모토 요시코. 한쪽은 사이토 마사. ……자, 이건 한 번 정하면 한동안은 바꿀 수 없어요. 내가 '마사'가 되는 게 그럴듯하지 않겠어요?"

"내가 마사가 될래요."

"하지만……."

"정했어요."

그렇게 똑 부러지게 말하는 옆얼굴은 고개를 숙이고 자신의 꽃 조개 같은 손톱을 내려다보던 아가씨하고는 전혀 다른 사람처럼 보인다. 도망 생활도 벌써 10년이 지났다.

보글보글 물 끓는 소리에 끙, 하며 일어섰다. 작은 싱크대와 가스렌지가 나란히 있는 것이 전부인 간소한 부엌에서 주전자와 큰 냄비가 시끄럽게 김을 올리고 있다.

"다 끓었어요."

그렇게 고하자 예에— 하고 길게 늘어진 대답이 왔다. 주방과

연결된 3평짜리 단칸방에서는 늘 작은 소리로 충분하다. 동네 쓰레기 배출일에 골목에서 주워 온 헌 신문을 다다미에 깔고 현관 옆에 세워 둔 커다란 금속 대야를 그 위에 놓는다. 대야에 끓인 물을 붓자 실내가 김으로 가득 찬다. 빈 솥에 찬물을 받아 대야에 부어서 열탕을 식힌다.

"그럼, 잠깐 갔다 올게요."

거기까지 준비해 두고 신도는 지갑을 들고 샌들을 꿰신고 밖으로 나갔다.

거리는 석양에 물들었다. 저층 아파트가 밀집해 있는 이 근방은 해가 기울면 여기저기서 카레나 조림, 생선구이 냄새가 풍겨온다. '요시코'가 되고 한참 시간이 지났다. '마사'가 된 쇼코는 지금 작은 가구제작소에서 직원으로 일한다. 이쪽 내력을 캐묻지 않고 실력만 봐 주는 직장을 구하는 데 쇼코는 익숙하다.

신도도 그 예민한 코를 인정받아 지금은 화장품 공장에서 검품 일을 하고 있다. 큰 공장이라 직원이 너무 많아서 다들 서로에게 관심이 없다. 언제 누가 퇴사하거나 결근을 해도 이상한 소문이 돌지 않는다. 신도와 같은 떠돌이로 보이는 사람도 몇 명 있다. 여하튼 집을 빌릴 때도 식당에 들어갈 때도 쇼코의 감은 신도의 그것보다 훨씬 민감하게 작동했다.

'……이 집에서 살다 보면 발소리에 민감해져요. 그뿐이에요.'

예전 음색이 되살아난다. 요즘 쇼코는 히로시마 시절의 멋진 청년에서 다시 외모를 바꾸어 조금 지친 아빠 같은 풍모로 변화하고 있다. 이 도시에서는 그런 사람이 가장 눈에 안 띈다. 말 없고 무뚝뚝하고 체구는 작지만 제법 남자답고 실력이 좋은 기술자.

신도는 주변 사람들에게 '사연이 있어 혼인신고는 하지 않았지만 오래 동거해 온 마누라'라는 식으로 자연히 인식된다. 잉꼬부부구만, 이라는 소리도 듣는다. 남자로 보이는 자와 여자로 보이는 자가 함께 살면 당연히 부부로 간주된다. 틀에 박힌 세상일수록 속이기 쉽다. 일단 틀에 박힌 듯이 행동해 버리면 주위 사람들은 신도와 쇼코가 애초에 어떤 사람이었는지, 어떤 부류인지 신경 쓰지 않는다.

서점 매대를 기웃거리거나 식당에서 텔레비전을 보면 요즘은 진정한 자아니 자신의 자연스러운 모습이니 자기 찾기니 하는 말들이 유행처럼 자주 나온다. 시건방을 떨어요, 하고 신도는 생각한다. 지금 여기 살고 있는 나와 쇼코는 가짜이지만 가짜가 아니다. 어디까지나 나 자신이다. 시건방진 소리 하고 있네.

신도는 한 번도 쇼코에게 이렇게 꾸며라 이렇게 입어라 말한 적이 없고 쇼코도 그렇다. 함께 도망 다니다 보면 반드시 겪을 줄 예상했던 언쟁이나 싸움을 거의 해 본 적이 없다. 시쳇말로 운명을 함께하는 두 사람이지만 서로에게 상대방은 어디까지나 남이라는 의식이 분명히 있었다. 두 사람이 하고 있는 것은 평범한 일상이 아니라 도망이다. 서로 으르렁거린다는 것은 어떤 의미에서는 그만큼 애착이 깊다는 말이다. 쇼코가 만약 살해되기라도 하면 신도는 남은 인생을 다 던져 복수할 것이다. 쇼코도 아마 그럴 것이다. 그것은 의심할 여지가 없다. 하지만 그 동기와 감정에는 역시 이름을 붙일 수 없다. 사랑은 아니다. 사랑하지 않으니 미워하지도 않는다. 미워하지 않으니 같이 있을 수 있다. 오늘도 내일도 내년에도, 아마 죽을 때까지도.

가까운 상가로 가면 야채가게 주인도 반찬가게 주인도 스스럼없이 사모님, 사모님 하고 부른다. 그 말을 듣다 보니 문득 야나기의 얼굴이 오래간만에 떠올랐다. 자신과 쇼코를 아내와 동생이라 속이고 고향에 데려가 주겠다고 했던 남자. 야나기는 알고 있었던 것이다. 틀에 박힌 척하면 세상은 이렇게 잘 속아 준다는 것을. 그 남자도 뭔가 틀에 박혀 있었던 것일까. 아니면 그걸 거부했던 것일까.

장을 다 보고 집으로 돌아오니 희미하게 감도는 비누 냄새에 밥 짓는 냄새와 된장 냄새가 섞이고 있었다. 별 도움이 안 되는 환풍기를 돌리고 아직 머리가 젖어 있는 쇼코를 본다.

"나 왔어요."

"다녀왔어요? 밥에 된장국만 끓였어요."

"자, 전갱이 튀김 사 왔으니까 오늘은 이걸로 먹죠."

"그럼 양배추 채라도 준비할까요?"

어느 가정에서나 오가는 흔해 빠진 대화. 특별할 것도 없어 보이는 두 사람은 좁은 주방에 어깨를 나란히 하고 앉는다. 도망 생활도 20년이 지났다.

5월의 바람이 뜰을 상쾌하게 불어 지나간다. 빨래를 널고 있는데 건넛집 개가 담장 너머 이쪽을 보고 있는 것을 발견했다. 이현영 주택은 면적은 좁아도 집마다 마당이 있어서 애완동물을 기르는 집도 많다.

쭈쭈쭈, 하고 혀를 울리자 잡종으로 보이는 개는 오우— 하고 하울링을 하며 꼬리를 부지런히 흔든다. 성격이 좋은 개로, 산책하다 만나도 늘 꼬리를 열심히 흔든다.

"우리도 개 키울까요."

그 소리에 뒤를 돌아보니 툇마루에서 '마사'가 발톱을 깎고 있다.

"그게 무슨 소리예요?"

"이젠 우리도 정착해도 되지 않을까 싶어서."

"무리예요."

"하지만 좋아하잖아요, 개. 어딜 가도 개만 보이면 달려가 구경하면서."

신도의 얼굴이 금세 빨개졌다.

"좋아하지만, 무리잖아요. 급할 때는 어쩌려고."

"그때는 그때고. 사실 이제…… 벌써…… 40년이잖아요."

40년인가. 어느새. 신도는 저도 모르게 한숨을 지었다. 빨래 널던 손을 멈추고 조금 뒤숭숭해진 하늘을 올려다보았다.

이렇게 40년째를 맞았다.

"40년이야, 우타가와 씨."

신도는 다시 한번 말했다. 비명을 지르는 쇠지렛대 남자 다음으로는 무슨 일이 벌어졌는지 모르고 허둥대는 금속 배트 사내의 엉덩이를 비추었다. 다음은 쇠사슬 사내의 발, 그 옆에 있는 남자, 그리고 우산을 든 운전사. 조명이 비춘 자리에 화살이 잇달아 날아와 박힌다.

"뭐야 누구냐 한패가 있는 거냐"

우타가와를 제외한 남자들이 순식간에 비 내리는 바닥에 쓰러지거나 엉금엉금 기는 등 제대로 움직일 수 없게 되었다.

"마사 씨, 이제 이리 와도 괜찮을 것 같아요."

헤드라이트의 둥근 불빛 속으로 작은 체구의 동그스름한 사람 그림자가 들어왔다. 가느다란 카본 활에 화살을 메겨 우타가와를 똑바로 겨냥했다.

"너 누구냐 쏘지 마 쏘지 말라고 해"

"아직 모르겠어? 매정한 피앙세 같으니…… 안 그래, 쇼코 씨?"

신도에게 타고난 힘이 있다면 이 사람에게는 인내력과 뭐든 지속할 수 있는 정신력이 있다. 오랫동안 꾸준히 계속해 온 수련은 활을 사이토 마사—나이키 쇼코가 가진 또 하나의 손처럼 정교하게 단련시켜 놓았다.

"40년이면 누구나 많이 변하지. 나나 당신도, 쇼코 씨도 변했어."

"장난치나 저런 게 쇼코일 리 없다"

우타가와는 탁한 눈을 휘둥그레 뜨고 입을 뻐끔거렸다.

"저런 거라니, 너무하네."

쇼코는 입술을 일그러뜨리며 웃고 화살을 우타가와 머리에 겨냥했다.

"내가 좀 더 일찍 이렇게 해 주었어야 하는데."

"그건 아니지. 그 당시 쇼코 씨는 겨우 열여덟 살이었으니까."

"잠깐 잠깐 너희들 살인을 저지를 셈이냐"

"물론 죽이진 않아. 하지만 다리 하나를 잘라 두면 더는 쫓아다니지 않으려니 하는 기대가 있지."

신도가 말했다.

"그래, 난 도망 다니는 데 지쳤어. 또 말하지만, 40년이야, 우타가와 씨. 피차 앞으로 살면 몇 년이나 산다고."

비를 맞으며 신도와 우타가와는 잠시 노려보고 있었다. 질병으로 무너진 우타가와의 몸은 이제 수명이 얼마 남지 않았다는 것을 알 수 있었다. 그 보기 싫던 멋쟁이 같은 모습이 거짓말 같다. 그러나 저렇게 초라한 늙은이라도 지금까지 잔인한 폭력으로 사체를 산더미처럼 쌓으며 살아 왔던 것이다. 40년간.

"이쯤에서 그만둬. 당신들 야쿠자들은 뭐든 끝장을 보고 싶어 하지만, 우리 선량한 사람들은 그런 거 안 따져."

신도의 몸속을 피처럼 마구 돌고 있던 폭력을 향한 욕망은 40년 동안 동면에 든 곰처럼 깊숙한 곳에 조용히 억눌려 있었다. 싸움 잘하는 덩치 큰 여자가 있다는 소문이 나면 금방 추격자가 나타날 것이다. 그래서 주먹을 봉인하고 싸움을 그만두었다. 이상하게 고통은 없었다. 없다고 생각해 왔다.

그러나 지금 신도는 환히로 온몸을 떨고 있다. 40년 만의 폭력. 살아 있어서 다행이네, 라고, 자신을 죽이러 온 남자의 눈을 보며 내심 말할 수 있었다. 이곳을 탈출하든 여기서 목숨을 건 최후의 대결을 벌이든, 남은 인생이 몇 년일지 알 수 없지만, 죽을 때까지 싸울 것이다. 쇼코와 함께. 돌아왔다. 이곳으로, 돌아왔다.

"여기서 다 끝내자, 우타가와 씨. 싫다면 얼마 남지 않은 수명을 죽을 때까지 고통으로 끙끙대며 살든지."

그렇게 말하자 쇼코가 메긴 화살의 겨냥이 우타가와의 머리에서 재빨리 사타구니 쪽으로 내려갔다.

"……알았다 알았다"

우타가와가 맥없이 고개를 떨어뜨렸다.

"빨리 가요. 이자들 차를 빌립시다."

쇼코가 말했다. 신도는 고개를 끄덕이고 쓰러져 있는 운전사의 주머니에서 키를 꺼냈다.

"잠깐만 여기 두고 가려고"

"곧 시청 차량이 순찰 올 테니까 당신들은 그걸 타라고."

여전히 우타가와에게 활을 겨누고 있는 쇼코에게 차로 오라고 손짓했다.

"타요. 간만에 장거리 드라이브하겠네."

"이렇게 커다란 차, 운전할 수 있어요?"

"감이 무뎌지지 않았다면. 게다가—,"

알파드에 올라타려고 하는 신도의 귀에 우타가와의 목소리가 들렸다.

"도 망 칠 수 있 을 줄 알 았 나"

동시에 팡, 하고 뭔가가 비닐우산을 때리는 듯한 소리가 났다.

"앗."

쇼코가 휘둥그레진 눈으로 신도의 얼굴을 보았다.

쇼코의 운동복 허벅지에 검은 피의 얼룩이 금방 퍼져나갔다.

손에서 활이 툭 떨어졌다. 이미 복사뼈까지 잠길 만큼 들어찬 빗물에 철썩, 하며 무릎을 꿇었다.

"쇼코!"

돌아다보니 우타가와가 떨리는 손으로 권총을 쥐고 있었다. 입을 뻐끔거리며 목소리도 없이 뭐라고 말하고 있다. 만면에 웃음을 짓고.

"이 새끼—!"

덤벼들려고 하는 순간 쾅, 쾅, 하고 연속으로 굉음이 들렸다. 신도는 저도 모르게 숨을 멈추었다—그러나 몸 어디에도 통증이 느껴지지 않았다.

쾅, 쾅, 쾅, 쾅, 하는 굉음은 점점 격해졌다.

우타가와도 신도도 쇼코도 땅바닥에 쓰러져 있는 남자들도 굉음이 나는 쪽—집합 주택 뒤쪽의 산을 올려다보았다.

산사태로 거대한 토사가 나무들을 꺾으며 탁류와 함께 산기슭으로 쏟아져 내리는 소리였다.

9
장
—

9

가을날처럼 하늘이 드높다.

바닷가 외길에는 오가는 차량도 없고 낮은 콘크리트 방파제 너머로 파도가 보인다. 건물은 드문드문하고 인기척도 없다. 넓은 보도의 아스팔트를 구르는 바퀴가 카랑카랑 마찰음을 내고 있다.

"더워질 것 같네."

슈퍼마켓 이름이 박힌 커다란 쇼핑카트를 밀면서 신도 요리코가 하늘을 올려다보았다. 한 걸음, 한 걸음 큰 보폭으로 걷고 있다. 바닷바람이 긴 머리칼을 구름처럼 나부끼게 한다. 폐허가 된 파친코 앞을 천천히 가로지른다.

"바다, 오랜만에 보네."

카트 속에 힘없이 앉아 있는 나이키 쇼코가 중얼거렸다. 흙투성이 운동복을 입은 왼쪽 다리가 나무막대와 비닐 테이프로 칭칭 감겨 고정되어 있다.

한가로운 파도 소리가 두 사람 말고는 아무도 없는 길을 감싸고 있었다.

"어디로…… 가요?"

쇼코가 말한다.

"북쪽으로 가고 있어요."

요리코가 말한다.

"따뜻한 곳으로, 가는 거 아니었어요?"

바닷새가 푸른 하늘을 천천히 선회하며 날아간다.

마치 질량이 없는 듯 공기 위를 가볍게 미끄러지듯이 난다.

"마사 씨, 기억해요? 우리 할머니의 마귀할멈 이야기."

"물론. 기억하죠— 기억하고 있어요."

"슬슬 우리도 진짜 마귀할멈이 될 수 있는 때가 왔어요."

"그러려고, 북쪽으로 가는 거예요?"

"그래요. 바다 건너 할머니 고향으로 가요. 숲속에, 닭 다리 달린 오두막을 찾는 거예요. 그곳에서 커다란 솥에 버섯을 삶고 이끼도 따고 가축과 사람들에게 저주를 걸며 사는 거예요. 아, 그래, 개를 키워요. 고양이도 키우고. 잔뜩 키우자고요. 갈 곳 없는 개네들을 다 모아서 키워요."

쇼코가 칼칼한 목소리로 웃었다.

"재밌겠다. 기대되는걸."

"나도요. 이제야 될 수 있게 됐네. 이제야 마귀할멈이 될 수 있 겠어."

요리코는 카트를 밀며 계속 걷는다. 길은 끝도 없이 멀리 이어 지고 바다 너머에는 수평선밖에 보이지 않는다.

"왜 이런 몸으로, 이런 힘으로, 이렇게 힘쓰기를 좋아하는 사 람으로 태어났는지 내내 생각해 왔어요. 나이가 들어도 보통 사 람인 척해도 내내 활활 타고 있었어요. 힘이. 상대방 힘을 빼앗고 싶은 기분이. 괴물이었죠. 하지만, 그게 정답이었는지도 몰라. 인 간이 아니라 마귀할멈이 되기 위해서였나 하고 생각하니 모든 게 납득이 가요. 사람으로서 사람들 사이에 섞여 사는 것은— 무리 였던 거예요. 하지만 이제 떳떳해요. 나는 마귀할멈이에요. 당신 과 함께 마귀할멈이 되려고, 여기까지 온 거죠."

대답이 없다.

"마사 씨…… 쇼코 씨."

파도 소리에 묻힐 만큼 낮은 소리로 요리코가 불렀다.

"쇼코 씨, 아가씨. 잠들어 버렸어요? ……쇼코."

밝은 태양이 피와 진흙으로 생긴 요리코의 발자국을 금방 말려 버린다. 파도가 밀려와서는 물러난다. 자꾸만, 자꾸만 밀려와서 는 물러간다.

편집자
후기

편집자 후기

어느 날 엄마는 우연히 중학생 딸의 휴대전화에 불쑥 떠오른 문자 메시지를 발견합니다. "걸레", "쌍년"이라고 석혀 있었습니다. 그 단어들은 마치 총알처럼 가슴에 박혔지요. 보낸 이가 같은 반 남학생임을 확인하고, 엄마는 비로소 납득했습니다. 지난 두 달간 딸이 무슨 이유로 우울해했는지, 왜 걸핏하면 방문을 걸어 잠그고 방 안에 처박혀 있었는지, 어째서 죽고 싶다고 고함을 질렀는지.

당연히 이 일을 문제 삼으려고 했지만 딸과 같은 학교에서 교사로 재직하는 남편의 생각은 달랐습니다. 그는 원만한 해결을 원했어요. 결국 두 사람이 갈등하는 사이에 사건이 벌어집니다. 딸이 교실에서 남학생을 때려 코피를 터트린 거예요.

학교폭력 위원회가 소집되자 엄마는 새로운 정황을 알게 됩니다. 남학생들이 떼를 지어 딸의 치마를 들치고, 운동화를 숨기고, 자주 휴대전화로 욕설을 보냈다는 것. 딸은 그만 하라고 확실하게 의사표현을 했지만 소용이 없자 선생님을 찾아가 도움을 청했다는 것. 하지만 선생님으로부터 돌아온 대답은 "걔들은 네가 예뻐서 그러는 거야. 남자애들은 원래 그렇거든. 관심을 끌려는 거지"였다는 것을.

한편 '그만해'라는 말을 들어도 그걸 '끈질기게' 혹은 '더 세게' 나가도 되는 기회로 해석하는 남자들은 엄마가 다니는 직장에도 있었습니다. 이를테면 세계 최고 수준의 스포츠 브랜드 회사에서 수석 변호사로 일하며 곧 CEO가 될 남자도 그중 한 명이었지요.

그는 늘 새로 입사한 부하 직원에게 성적 관계를 요구하고 거부하면 업무상 불이익을 주지만, 피해 여성들에게는 사법제도 밖에서 보복의 두려움 없이 제대로 항의할 수 있는 실질적인 대안이 없었습니다. 앞서 피해를 당한 선배들이 이후로 피해를 당할 후배들에게 조심하라고 당부하는 정도일까.

실제로 로펌에 다니는 동안 인사문제에 영향을 줄 수 있는 남성들로부터 성희롱을 당했던 챈들러 베이커에게 도움을 준 사람도 선배 여성이었지요. 자신을 비롯한 대부분의 여성이 직장생활을 하며 비슷한 상황에 직면한다는 것을 깨달은 챈들러 베이커는 소설을 통해 이 같은 문제를 공론화합니다. '위스퍼 네트워크'란 여성들 사이에서 공유되는 비공식적인 네트워크로, 자신이 종사하는 산업의 남성 권력자 중 성희롱이나 성추행 혐의가 있는 이들의 명단을 은밀하게 공유하는 것을 일컫습니다.

『위스퍼 네트워크』는 "여성 스스로가 강간의 위험으로부터 자신을 보호해야 한다!"고 주장하면서도 막상 여성들이 위험을 감지하고 지침에 따라 행동하면 "모든 남자를 강간범으로 간주한다"고 불평하는 이들에게 마침맞은 소설인데, 이 소설에서 묘사한 것과 똑같은 일을 저도 눈앞에서 목도한 적이 있습니다.

북스피어 출판사 사무실이 강남 학동역에 있던 시절의 일이에요. 평소와 다를 바 없는 아침 출근길이었습니다. 학동역에서 내리려고 자리에서 일어났는데 어떤 아가씨가 제 옆으로 바짝 다가오더니 "저기요" 하고 입을 떼며 들릴락 말락 한 목소리로 묻는 거예요. "이번에 내리세요?"라고.

처음에는 잘못 들은 줄 알았습니다. 아니, 제대로 들었는데 이해를 못 한 거라고 생각했어요. 제가 "네?" 하고, 그렇지 않아도 커다란 눈을 더 크게 뜨며 되묻자 상대는 아까보다 입을 좀 더 제 귀에 바짝 대고 다시 묻더군요. "이번 역에서 내리시는 거 맞죠?"라고.

세상에. 이 무슨 아닌 밤중에 커피음료 시에프 같은 상황이란 말인지. 그제야 저는 "아, 네" 하고 대답했습니다. 딱 부러지는 "아, 네"가 아니라 허둥지둥 백숙을 먹다가 목에 닭뼈가 걸린 듯한 뉘앙스의 "아, 네"였다고 할지. 그렇게까지 당황하지 않아도 좋았으련만. 쯧쯧, 따오기가 자연산란하는 장면이라도 본 것처럼 당황하고 말았습니다.

"저, 이번에 내려요"라며 전지현 씨가 수줍게 웃던 아련한 장면이 머릿속을 스쳐 지나갔습니다. '호, 혹시 이 사람이 지금 나를 유혹하려는 건가.' 그제야 비로소 얼굴이 눈에 들어오더군요. 저랑 세 살 터울인 사촌누나 또래쯤 됐을까. 제가 멍하니 쳐다보자 상대는 아군에게 암구호를 전파하는 병사처럼 나직하게 속삭였습니다.

"이번에 내리시면요, 저기 문 앞에 서 있는 여자분을 따라가 봐 주시면 안 될까요."

자매님의 시선이 향한 곳에 검정색 치마 정장 차림의 여자가 서 있었습니다. 이 시간에 지하철을 탔으니 아마도 출근하는 중이었겠지요. 이상했던 건 남자 한 명이 뒤에 찰싹 붙다시피 서 있었다는 겁니다. 그게 왜 이상했냐면 두 사람이 전혀 동행처럼 보이지 않았기 때문이에요. 남자는 오십대 중반쯤으로 보였습니다. 밤색 잠바에 검은색 트레이닝복 바지를 입었고 키는 저보다 머리 하나 정도 작았어요.

자매님이 들려준 사연은 대충 이랬습니다.

자신이 보기에 정장 여자와 잠바 남자는 서로 아무런 관계가 없어요. 한데 어느 순간부터 잠바 남자가 정장 여자 뒤에 어색할 정도로 가까이 서 있었던 겁니다. 출근길이어서 객차가 꽉 찼으니 그럴 수도 있지 않나 했는데 정장 여자가 한 걸음 옆으로 옮기면 잠바 남자도 슬금슬금 뒤에 붙어 서고 정장 여자가 또 한 걸음 자리를 옮기면 잠바 남자도 다시 그 뒤에 붙어 서더랍니다.

이상하다, 확실히 이상하다고 자매님은 생각했습니다. 이것은 추행이 아닌가. 잠바 남자가 정장 여자를 추행하고 있다고 자매님은 확신했습니다. 그때부터 지금까지 두 사람에게서 시선을 떼지 않았습니다. 긴급한 상황이 벌어지면 자기라도 나서야겠다고 마음먹었겠지요. 얼마간 무섭기도 했을 테고.

정장 여자가 문 앞으로 다가가 내릴 차비를 했을 때는 조금쯤 안도했으려나요. 그런데 남자가 거기까지 따라가자 기함하고 말았습니다. 자매님은 재빨리 고민했습니다.

'저 둘을 따라 내릴까. 내가 내릴 역도 아닌데. 신고하면 순찰대가 오는 사이에 무슨 일이 벌어질지도 몰라. 일단은 이번 역에서 내리는 남자에게 부탁하는 편이 나을 수 있겠다.'

그때 책을 덮고 자리에서 일어선 제가 눈에 들어왔던 겁니다. 혹시 잠바 남자에게 들릴까 싶어 자매님은 최대한 조용히 말을 걸었습니다. 워낙 빠르고 작은 목소리여서 자초지종을 전부 알아들었던 건 아니에요. 하지만 저는 금세, 상황을 이해할 수 있었습니다. 자매님도 정장 여자만큼이나 겁에 질린 듯 보였습니다.

자신과 상관없는 타인에게 이 정도로 감정이입해 있다니. 이것이, 제가 첫 번째로 감탄했던 대목입니다. 저도 자매님과 같은 칸에 타고 있었지만 전혀 몰랐어요. 아무런 낌새도 느끼지 못했습니다.

그런 상황이구나. 저는 알았다는 의미로 고개를 한 번, 그리고 또 한 번 작게 끄덕여 보였습니다. 불의를 보면 시종일관 끝까지 참았던 제 성정으로 미루어 이것은 극히 이례적인 일이 아닐 수 없었지만 그만큼 자매님의 눈빛이 절박해서 어쩔 수 없었어요. 거기에는 잠바 남자의 체구가 왜소하고 그다지 운동을 열심히 한 인간처럼 보이지 않았다는 점도 한몫했습니다. 저 정도라면 어떻게든 제압할 수 있을 것 같았거든요. 하지만 투지가 용솟음치려는 찰나, 자매님이 주의를 주더군요.

"근데 조심하세요, 저 남자, 손에 라이터를 들고 있어요."

아닌 게 아니라 주먹을 쥐고 있는 잠바 남자의 손에 편의점에서 500원만 주면 살 수 있는 일회용 라이터의 윗부분이 보였습니다. 젠장. 거기서부터는 저도 슬슬 겁이 났습니다. 화도 났지만 동시에 겁도 났습니다. 이제 와서 생각하면 칼이나 가위도 아닌데 뭘 어쨌을까 싶지만 당시에는 라이터가 화염방사기처럼 보였습니다. 대구 중앙로역에서 일어나 여러 명의 사상자를 냈던 지하철 방화사건 같은 것도 머릿속에 막 떠오르고.

저는, 저를 도와줄 남자가 있는지 객차 안을 찬찬히 둘러보았습니다. 그러다가 깨달았어요. 객차에 있는 여자들 대부분이 정장 여자와 잠바 남자를 주시하고 있다는 사실을.

남자들은 전혀 관심이 없었습니다. 신문을 읽거나 멍하니 허공을 보거나 졸고 있었어요. 제가 느끼기에 이 상황을 간파한 남자는 단 한 명도 보이지 않았습니다.

하지만 여자들은 달랐습니다. 알게 모르게 서로서로 눈빛도 주고받지 않았으려나요. 이것이 제가 감탄한 두 번째 대목입니다.

이내 문이 열렸습니다. 정장 여자가 후다닥 뛰어 내리더군요. 사람들이 꾸역꾸역 몰려나갔습니다. 그 틈을 헤집고 잠바 남자도 기민하게 정장 여자를 쫓는 모습이 보였습니다. 이것저것 따질 겨를이 없었어요. 저도 따라 내렸습니다. 그러고는 무슨 생각에서였는지 다짜고짜 잠바 남자를 돌려세웠지요. 남자의 얼굴에 당황한 기색이 역력했습니다. "뭐야, 이거"라고 중얼거렸던 것 같아요. 저는 약간 사이를 두고 이렇게 물었습니다.

"선생님, 혹시 도나 기에 관심 있으세요?"

"뭐요?"

남자가 신경질적으로 반응하더군요. 라이터를 쥐고 있는 손을 쓰지 못하도록 팔을 힘주어 붙들며 저는 말했습니다.

"인상이 참 좋으신데. 바쁘지 않으시면 잠깐 얘기 좀 하시지요."

제가 그를 붙잡고 옥신각신하는 동안에도 사람들이 주위를 스쳐 지나갔습니다. 정장 여자는 이미 보이지도 않았어요. 아마 정신없이 개찰구를 통과해서 역을 나가자마자 택시 같은 걸 잡아 탔을 거라고 짐작합니다.

별 이상한 놈 다 보겠네, 라는 눈으로 아래 위를 훑어보던 남자가 귀찮다는 듯이 손사래를 치더니 두리번거리며 계단을 올랐습니다. 저도 그 뒤를 따라갔지요. 하지만 역 밖에서도 정장 여자의 모습은 보이지 않았습니다. 그걸 확인하는 내내 심장이 쿵쾅거리더군요. 좀처럼 진정되지 않았습니다. 저는 잠바 남자가 따라오나 싶어서 몇 번이나 뒤를 돌아보며 회사로 향했습니다.

이것은 꽤 오래전 일이지만 아직까지도 생생하게 기억하고 있습니다. 나에게 귓속말을 전하던 자매님의 불안한 음성과 평화로운 줄 알았던 객차 안이 공포영화의 한 장면으로 바뀌던 찰나와 느긋하게 신문을 읽던 남자들과 걱정스럽게 한 곳을 응시하던 여자들의 모습을.

그리고 저는 최근에야 비로소 왜 남자들과 여자들의 태도가 확연히 달랐는지 깨달았습니다. 누군가에게는 그게 일상이었던 반면, 다른 한쪽에게는 굳이 예민해질 필요가 없는 (무관심해도 상관없는) 사안이었기 때문입니다.

언젠가 여자친구의 차를 탈 일이 있었는데, 그녀가 운전석에 앉아서 제일 처음 한 행동은 안전벨트를 매는 것도, 시동을 거는 것도, 백미러를 조정하는 것도 아니었어요. 자동차의 문을 잠그는 일이더군요. 차문은 일정 속도 이상이 되면 승차한 이들이 튕겨나가는 것을 방지하기 위해 자동으로 잠기지 않나? 이상해서 물었더니 갑작스런 외부인의 침입에 대비하여 익힌 습관이라는 대답이 돌아왔습니다. 특히 사람의 통행이 적은 지하 주차장에서 차에 타 문을 잠그기 전까지는 계속 겁이 난다고. 누군가 불쑥 도어를 열고 들어와 칼로 찌르고 지갑 따위를 훔쳐가는 드라마 속 장면 같은 게 떠오른다고.

리베카 솔닛은 『걷기의 인문학』에서 실비아 플라스의 일기를 인용하며 이렇게 말했지요. "여자로 태어났다는 건 내 끔찍한 비극이다. 길에서 일하는 사람들, 선원들과 병사들, 술집 단골들과 어울리고 싶은 마음이 간절한데, 풍경의 일부가 되고 싶은데, 익명의 존재가 되고 싶은데, 경청하고 싶은데, 기록하고 싶은데, 다 망했다. 내가 어린 여자라서. 수컷으로부터 습격당하거나 구타당할 가능성이 있는 암컷이라서. 남자들이 어떤 존재인지, 남자들이 어떻게 사는지 궁금한데, 그렇게 궁금해하면 유혹한다고 오해받는다. 모든 사람과 최대한 깊은 대화를 나눌 수 있다면 얼마나 좋을까. 노천에서 자도 되면 얼마나 좋을까. 서부로 여행을 가도 되면 얼마나 좋을까. 밤에 마음껏 걸어 다녀도 되면 얼마나 좋을까."

성별이 여자라는 이유만으로 폭력에 노출되는 상황을 사적인 문제가 아니라 공적인 문제로 보는 사람이 거의 없다는 걸 자각한 솔닛이 들은 충고는 "밤에 밖에 나가지 마라, 혼자 다니지 마라, 에스코트해 줄 남자를 구해라" 같은 것이었습니다.

밤에 밖에 나가는 게 한 번도 무서웠던 적이 없던 (귀신을 만날까 봐 무서웠던 적은 있지만) 저는 리베카 솔닛의 글을 읽으며 약간의 충격 같은 것을 받았습니다.

동시에, 홀로 엘리베이터를 기다리다가 내가 타려 하자 몸을 돌려 계단으로 뛰어가던 여자아이와 배달 음식을 시킬 때마다 자기 집을 놔두고 굳이 아파트 현관까지 내려와서 받아들고 가던 윗층 여자와 회식이 있는 날은 절대로 치마를 입지 않던 여자 동료와 밤늦은 시각에 집 앞에서 하차하면 자기가 어디 사는지 노출될까 봐 택시가 떠나는 걸 확인한 뒤에 집에 들어간다던 여자 후배와 매번 가까운 지하 주차장을 놔두고 멀리 있는 지상 주차장을 이용하던 출판사 사장님의 행동을 비로소 '조금쯤' 이해할 수 있었습니다.

그 전까지는 몰랐어요. 왜 그렇게 번거로운 짓을 할까, 라고만 생각했는데. 그들은 늘 어렴풋한 공포심을 가지고 있다는 걸 깨달았습니다. 내가 단순히 '귀찮은지 안 귀찮은지'를 따지는 동안 저이들은 성범죄와 생존의 문제를 걱정하고 있었다니 이 얼마나 엿 같은 일인지. 아마도 그러한 자각이 조금씩 제 안에서 싹을 틔워 '여성의 연대에 관한 이야기'를 만들어 보고 싶다는 바람을 불러일으켰고, 그것이 '첩혈쌍녀' 시리즈와 같은 형태로 귀결된 걸 거라고 생각합니다.

작가 오타니 아키라는 2018년부터 시스터후드(여성끼리의 연대)를 관철한 소설을 발표하며 독자들에게 선명한 인상을 남긴 바 있습니다. 2021년 한국에도 출간된 소설집『우리를 뭐라고 불러야 할까』(김수지 옮김, 위즈덤하우스)에서 젊고 예쁠수록 물건처럼 값이 매겨지는 세상이 싫어서 나이가 드는 시술을 받았다는 열일곱 살 소녀, 돈도 지위도 있는 남자들의 실상을 까발려 글로 쓰기 위해 풍속업소에 취직했다는 아가씨, 섹스가 취미여서 모임을 만들었다는 '헤픈 여자'들의 리얼한 목소리를 끌어올렸던 작가는 하드한 전개에 '심장 떨리는 바이올런스 장편'『바바야가의 밤』을 완성하지요.

이 소설의 주인공 신도 요리코는 지금껏 출간된 일본 소설에서 찾아보기 어려운 인물이에요. 왜 이런 캐릭터를 선보였을까. 출간 직후 작가는 《허핑턴 포스트》와의 인터뷰를 통해 오랫동안 해왔던 구상임을 밝히며 다음과 같이 이야기했습니다.

"범죄물 소설/영화의 여성 캐릭터는, 피해자의 입장에서 그려지는 경우가 압도적으로 많다. 사실 현실의 세계도 상황은 비슷하지만 픽션의 세계에서조차 그럴 필요가 있을까, 그러한 상황을 뒤집는 작품이 존재해도 좋지 않을까 하고 오랫동안 생각했다. 전투 미소녀가 등장하는 픽션과 다른, 내가 독자라면 읽고 싶은 이야기를 쓰자고 생각한 것이 『바바야가의 밤』이다."

성폭행, 강제추행, 스토킹, 디지털 성범죄 등이 강력범죄의 90 퍼센트를 차지하고 피해자 10명 중 9.3명이 여성이라는 통계를 굳이 인용하지 않더라도, 여성을 대상으로 한 범죄가 늘어난다는 것을 체감하는 한편으로 피해자와 일면식도 없는 가해자가 돈이나 원한이 아니라 (그들의 표현에 따르면) '분노를 조절하지 못해, 혹은 화가 나서 충동적으로' 때리거나 죽이는 사건이 갈수록 눈에 띈다는 점에서, 이를 결핍의 반작용이라고 해석해도 좋지 않을까요. 분노 조절 장애는 무슨. 상대가 마동석 씨였다면 폭력을 행사하기는커녕 말 한마디 못 붙였을 거면서 말이죠. 때문에 피지컬도 멘탈도 강한 여성, 게다가 싸우기 위한 동기가 내면에서 솟아나는 여성을 그리고 싶었다고 작가는 말하고 있습니다.

"미국의 문화에서조차 여성이 영웅이 되기 위해서는 익스큐즈가 필요했다. 남편이나 아이가 죽었다고 하는 '싸워야 하는 이유'가 반드시 붙어 있다. 혹은 원더우먼처럼 여자만의 섬에서 자란 신화적인 최강 미녀전사라는 현실과 동떨어진 설정이라든지. 이상하지 않은가. 남성 캐릭터는 그렇지 않아도 허용되는데 여성이 힘을 휘두르기 위해서는 세상이 납득할 수 있는 이유를 일일이 가져오지 않으면 안 된다니……. 그런 것은 이제 아무래도 상관없다고 생각했다."

다만 일본의 픽션에는 '전투 미소녀' 같은 판타지적 캐릭터가 많기 때문에 『바바야가의 밤』에서는 사실적이고 설득력 있는 캐릭터를 구현하기 위해 노력했다고 합니다. '실제로 싸움이 벌어지면 어떤 동작이 이루어지는지'에 대해 관찰한다거나, 격투기를 비롯한 각종 무술을 공부한다거나 하는 식으로.

마찬가지 이유로 신도 요리코의 외모에 관한 세세한 묘사도 일부러 피했습니다. 작중에서 신도의 겉모습이 세밀하게 묘사되지 않은 건 의도적이었다는 거죠. 왜냐.

"미인이다, 못생겼다, 섹시하다…… 그런 식으로 살아 있는 여성들이 일상에서 경험하고 있는 것과 같은 판단을 독자에게 시키지 않기 위해. 『우리를 뭐라고 불러야 할까』 때부터 의식하고 있는 부분인데, 여성 캐릭터를 그릴 경우에는 외모의 설명이 필요하다는 풍조를 바꾸고 싶었기 때문"입니다.

그리하여 어린 시절부터 할아버지에게 빌드업된 덕분에 가슴보다 갈라진 복근에 눈이 가는 육체와 거칠지 않지만 꺾이지 않는 성격, 야쿠자 조직을 "이곳은 원 없이 싸울 수 있는 무한리필 격투 레스토랑 같은 곳 아닌가"라고 여기는 '싸움의 신' 신도 요리코가 탄생합니다.

주 무대가 야쿠자 사무실이라는 건 흥미롭지만 어찌 보면 당연한 일입니다. 그곳은 '오야붕과 꼬붕'이라는 가부장적 혈맹으로 맺어진 남자들의 세계이자 범죄의 최전선이니까 말이죠.

이곳에서 신도와 신도를 스카우트한 야나기 사이의 대화가 무척 흥미롭습니다.

　"누가 네 말을 믿을 것 같아? 이 업계는 말이지, 신용에 관한 한 성모마리아보다 남자가 우선이야."
　껄껄 웃는 야나기가 등을 돌렸다.
　"왜, 억울하냐? 애처럼 굴긴."
　"내가 어린애도 아니고. 그런 건 벌써 옛날부터 알고 있어. 뭐가 '이 업계'야. 세상이 다 그런데."

　그런 세상에서 야쿠자 스무 명과 호각으로 맞설 정도의 실력을 인정받아 본진에 고용된 신도는 회장의 외동딸을 호위하는 일을 떠맡게 됩니다. 딸의 이름은 나이키 쇼코. 열여덟 살이라고는 생각되지 않는 고풍스러운 분위기와 무표정한 얼굴을 가진 아가씨입니다. 처음에는 티격태격하던 신도와 쇼코는 차츰 서로의 처지를 이해하게 되고 일장풍파를 거쳐 의기투합한 끝에 급기야 자신들을 가둔 세상을 박차고 나오게 된다는 것이 홀수(1, 3, 5)장의 내용입니다.
　한편 짝수(2, 4, 6)장에서는 마쓰모토 요시코와 사이토 마사라는 이름으로 살아가는 모습이 전개되는데. 여기서 잠깐. 혹시 눈치 채셨습니까. 요시코와 마사의 정체를? (이후로 스포일러가 있으니 아직 읽지 않으셨다는 분들은 여기서 멈추고 본문으로 돌아가 주시길.)

이 대목에서 자칫 착각할 수 있는 까닭은 다음과 같이 나이키 쇼코의 어머니에 관한 에피소드가 소설 초반에 언급되기 때문입니다.

　　"그래. 아가씨의 어머니. 남자는 보스가 총애하던 간부인데, '긴 칼 마사'라고 불리던 유명한 야쿠자였어. 벌써 10년 넘게 도망 다니고 있지. 내가 보기엔 국외로 튀었거나 동반자살이라도 했을 것 같은데, 보스는 여전히 포기하지 않고 있지."

　이로 인해 짝수 장에 등장하는 마쓰모토 요시코와 사이토 마사를, 나이키 쇼코의 어머니와 야쿠자 '긴 칼 마사'라고 생각해 버릴 수 있는 것이죠.

　하지만 홀수 장의 등장인물과 짝수 장의 등장인물은 같습니다. 신도 요리코와 나이키 쇼코는 야쿠자 두목을 죽이고 도망자 생활을 하며 신분세탁을 위해 새로운 호적을 만들어야 했는데 이때 여자 두 명의 호적은 구하기가 어려웠으므로("역시 여자만 두 명 만드는 건 힘들대요. 그래서 한쪽은 남자 것밖에 구할 수 없었대요.") 여자와 남자의 호적을 각각 만들었던 것입니다. 두 사람의 정체는 그들을 40년 동안이나 찾아다닌 우타가와로 인해 드러나지요.

　번역에서는 살릴 수 없었지만 일본어로는 더욱 정교한 장치가 되어 있습니다. 일본 독자들은 아가씨의 이름 한자인 内樹 尚子

를 '우치키 나오코'로 읽었을 공산이 큽니다. 흔한 읽는 법이기도 하고, 목걸이에 달린 이니셜 N이 이름의 머리글자라는 통념에도 꼭 들어맞거든요. 한편 아가씨가 구입한 호적의 한자인 斉藤 正의 이름 부분 역시 '타다시', '마사', '쇼' 등 다양한 읽는 법이 있지만 독자들은 긴 칼 마사의 등장을 보고 난 직후라 자연스럽게 '마사'로 읽게 되었을 겁니다. (이런 관점에서 1장에서 2장으로 넘어가는 방식을 다시 음미해 보세요.)

마지막의 마지막에 가서야 비로소 작중에 나오는 아가씨의 이름이 사실은 '쇼코(尚子)'였다는 것, 그리고 신도는 줄곧 아가씨를 '쇼(正)'로 불러 왔다는 것을 불현듯 깨닫게 되지요. 독자가 나오코로 읽고 있던 이름이 사실은 '쇼코'였고, 마사로 읽고 있던 이름이 사실은 '쇼'였다는 사실을 알게 되는 순간 모든 실마리가 풀리고 평행하던 두 이야기가 만납니다.

그러면 목걸이의 의미도 새로이 다가옵니다. 쇼코는 자신의 이름이 아니라 아버지의 성이 새겨진 N자 이니셜 목걸이를 끊어내면서 가족의 그림자를 벗어나 도망 생활을 시작하니까요.

이 소설 어디에서도 아가씨의 어머니와 '긴 칼 마사'라고 불리던 유명한 야쿠자가 실제로 등장하진 않습니다. 전혀. 네버. 언급만 되었을 뿐이죠.

아주 깜찍한 반전이었다고, 저는 생각합니다. 다만 작가에 따르면 처음부터 의도했던 건 아닌 모양이에요.

"그 부분은 쓰다 보니 떠오른 것으로 '마지막에 독자들을 깜짝 놀래켜야지'라는 생각 같은 건 없었다. 이 작품의 두 주인공(신도와 쇼코)이 나이를 먹고 나름대로 평화롭게 살아가던 중에 어느 날 갑자기 '과거가 덮쳐오는' 순간을 어떻게 하면 효과적으로 고조시킬 수 있을까 고민하다가 그러한 후반 전개를 떠올렸을 뿐"이라고 하네요.

슬라브 민화에 등장하는 마귀할멈 '바바야가'처럼 "엄청 강하고 마을 사람들이 무서워하지만 착하고 친절한 여자애가 간절히 부탁하면 어려운 일을 도와주기도 하는" 자유로운 할머니로 늙어가고 싶다는 작가 오타니 아키라는 『바바야가의 밤』을 구입해 준 독자들에게 다음과 같은 감사 인사를 남긴 바 있습니다.

"소설 단행본은 결코 싸지 않습니다. 저는 일용직 아르바이트 생활을 오래 했기 때문에 무심코 '1500엔이면 공장에서 두 시간 동안 열심히 일해야 벌 수 있는 돈이네'라는 식으로 생각해 버리거든요. 그러한 가격에 걸맞은 재미를 내가 제공하고 있을까, 과연 그만큼 독자들이 즐거웠을까 하며 늘 가슴 졸이죠. 소설이 출간된 이후로 온라인에 올라온 독자 반응을 보면 아직은 '다행이구나' 싶어서 다소 안심하고 있어요. 지금은 소설이 팔리지 않는 시대라고 하는데, 확실히 넷플릭스나 유튜브와 경쟁하는 것은 힘들지만 '소설이기 때문에 읽는다'는 분들도 분명히 있을 거라고 생각합니다. 앞으로도 그분들의 기대에 부응하는 작품을 써나가고 싶어요."

'1500엔이면 공장에서 두 시간 동안 열심히 일해야 벌 수 있는 돈이네'라는 식으로 생각해 버린다는 작가의 이야기를 들으며 저도 고개를 끄덕였습니다. 그만큼의 비용을 지불해도 아깝지 않은 소설을 북스피어도 만들어야겠다고 생각했어요. 음. 어쩌면 그 얘기를 하고 싶어서 꽤나 긴 편집자 후기를 썼는지도 모르겠습니다. 다만 편집자 후기는 아무리 길어도 책값에 포함되지 않으니 안심하시길. 끝으로 고정관념을 무너뜨리는 오타니 아키라 작가의 도전이 앞으로도 계속 되길 바라며 마치도록 하겠습니다. 안녕히.

　삼송 김 사장 드림.

바바야가의 밤

초판 1쇄 발행 2022년 12월 30일

지은이   오타니 아키라
옮긴이   이규원

발행편집인   김홍민 · 최내현
책임편집   조미희
표지디자인   이혜경디자인
마케터   마리
용지   한승
출력(CTP)   블루엔
인쇄 제본   대원문화사

펴낸곳   도서출판 북스피어
출판등록   2005년 6월 18일 제105-90-91700호
주소   (10595) 경기도 고양시 덕양구 동송로 23-28 305동 2201호
전화   02) 518-0427
팩스   02) 701-0428
홈페이지   https://blog.naver.com/hongminkkk
전자우편   editor@booksfear.com

ISBN 979-11-92313-13-9 (04080)
      979-11-92313-08-5 (세트)